こりゃたまがった!

長谷川法世

海鳥社

こりゃたまがった！■目次

本書は、読売新聞西部本社版夕刊に二〇〇三年六月から二〇〇四年三月まで連載された分をまとめたものである。なお、登場人物の年齢や肩書きは連載時のままとした。

こりゃたまげた！

太閤さんからの拝領膳？

「太閤さんの町割り以来ですたい」

いつから博多に、という問いの答えがこれです。福岡市下呉服町（旧下竪町《しもたてちょう》）の稲生《いのう》幸成さんは由緒正しい博多町人の家柄。もとは稲石姓で、黒田藩から現九大医学部周辺の干拓事業を請け負い、藩侯より稲生姓をもらったとか。

出されたのは太閤由来のお膳《ぜん》。

「桐箱入りで黄色い布に包んであったとば、お袋が汚のうなっとるいうて捨ててしもうとるとですたい。祖母さんにやかましゅう怒られたげなです」

今は菓子箱に入れて引き出物の化繊風呂敷にくるんである。

博多山笠では恵比須流。床の間には、昔稲生さんちが総務をつとめたときつくったという赤熊《しゃぐま》があります。山笠の魔除けですが、鬼の飾りはほかに見ません。

「この家じゃあ、白熊《はぐま》というとります。山のたびに貸しよったら、今じゃ汚れてしもうてどこも借りにきまっせん」

まあ、たまがる話ばっかりで、おっと、床の間には仙厓《せんがい》さんの掛け軸も。　(2003.06.06)

太閤町割り
天正15（1587）年、神屋宗湛（そうたん、15[illegible]3–1635年）ら博多商人が、太閤秀吉（1537–1598年）に願い出て実現。戦で焼けた博多再興の町づくり

仙厓
博多の人に愛された聖福寺の住職。ユーモアあふれる禅画は世界が注目。出光美術館のコレクションが有名。1750–1837年

稲生家伝来の
太閤拝領膳
豊国神社のものとも
菊紋
桐紋
字をまちがえて書きなおしてある
仙厓さんの掛軸
もとはまっ白が汚れてまっ黒に
折れたのでボンドでつけとります
磨赤児さんに買わされた横尾忠則さんのシルクスクリーンですたい
こげな面もありますと
博多人形師さんにたずねると「怪士《あやかし》」というお面だそうです。
色がすっかりおちている
稲生幸成さん
今年のどんたくでは恵比須流の実行委員長をつとめた

蒙古兜の大騒動

博多の竪町筋は、太閤町割り以来の道幅で、遠藤質店はその通り沿いです。

「十年くらい前に閉店したんですが、看板はかけたままです」

お店の部分は築二五〇年。明治四年、松永子登《しと》の松永家から宋次郎さんが婿養子に来て、五代目甚蔵を襲名しました。そのとき蒙古《もうこ》軍の鉄兜《てつかぶと》を持ってきました。

兜の絵と由緒書きの扁額《へんがく》が長押《なげし》にかかっています。竜のレリーフのりっぱなつくりは将官以上のものでしょう。兜披露目の宴での客人たちの揮毫《きごう》が六曲一双の屏風《びょうぶ》に仕立てられ仏間にあります。

額のかかった居間と仏間は五代目が大改造。居間の天井のさおが床の間に直角のつくりは武家屋敷の切腹の間。五代目さん、リフォームはするし大黒柱は切るし、やりたい放題。

昭和四十年ごろ、スミソニアン博物館がン億円で兜を買いたいといってきたそうで、お父さんが目の色変えて家捜ししたそうですが、もうなかったそうです。たまげるお話で。

（2003.06.12）

松永子登
博多の豪商。社会福祉に尽くし、救済、備荒貯蓄などの善行で、藩から十数回の褒賞を受ける。頼山陽（1780－1832年）と交友のあった文化人

蒙古軍
1274年（文永の役）と1281年（弘安の役）の2度元軍（蒙古軍）が北部九州に襲来。博多には文永の役のとき上陸したが、翌日の台風で大半の船が沈み退散したという

天井のさお
博多人形の名人与一さんの色紙
竹の床柱には
頼山陽の詩が
彫られている
蒙古の鉄かぶと
扁額にかかれたもの
九代目
栄雅さん
ほかのものは
博物館に
あずけています
扁額
仏間
お蔵の鍵
現役
40cmくらい
重いです
携帯用はかり
洛中洛外図(2)

日本一の創作コーヒー職人

「取り立てには絶対行くな。人が財産だ」

学生たちにお金を貸したとき、井野耕八郎さんは奥さんにいいつけました。

「お金があるわけじゃなかとです。あたしが銀行へ行って借りてくるとですよ」

その人たちが医師になり教授になり、「ばんぢろ人脈」になっていきます。

福岡市天神の水鏡天満宮横に平成五年まであった純喫茶「ばんぢろ」には、九大の教授や学生、西鉄ライオンズの監督や選手、いろんな人がマスターを慕って集まっていました。

「おやじ、飯食わせえ」

夜行列車の移動続きで駅弁に飽いた三原監督や選手たちが飛び込んでくると、コーヒーでなく食事をふるまったのです。

「俺はコーヒー一杯一杯に心ばこめとる。お前の料理には心がこもっとらん、ていっつもいわれよりました」

昭和三十六年、天皇皇后両陛下に唐津でコーヒーを献上してほしいと、佐賀県知事からの依頼があり、特別の豆を使ってはと奥さんがいうと、いつもの豆が一番、その上はないといって出かけたそうです。日本一の創作コーヒー職人の真骨頂。たまがるお話ばっかりで。


(2003.06.19)

水鏡天満宮
菅原道真（845―903年）が博多（袖湊）に上陸し大宰府に行く途中、川の清流を水鏡にして、やつれた姿を写し嘆いたという由緒から

西鉄ライオンズ
昭和26（1951）年、西鉄クリッパーズと西日本パイレーツが合併して発足し、平和台球場をホームグラウンドとして活躍。昭和53年西武グループに譲渡された

三原脩
西鉄ライオンズ監督。昭和31、32、33年と日本シリーズ三連覇。水原茂巨人軍監督（1909―1982年）との熱戦は、早大慶大出身ということもあり巌流島対決と囃された。1911―1984年

西村貞朗
西鉄ライオンズ投手。昭和33年7月19日、対東映戦で完全試合を達成。鉄腕稲尾とともにリーグ優勝・日本一に貢献

山笠のテッポー
直径7センチ、長さ50センチくらいの赤い布製の筒状の用具。山笠の台あがりが舁き手の交代や山の進行方向の指示をするのに用いる

記念のアルバム
全米オールスター
全日本オールスターの
サインボール
昭和天皇 皇后両陛下に
供されたコーヒーカップ
だれもが知っている「ばんぢろ」の絵
残りの豆が
今も
COFFEE
西鉄 西村投手 完全試合の写真
西村投手と知りあってから
ライオンズとの交流が
はじまりました
「釣りにこったら 竿から
道具からぜんぶ自分で
つくるとですよ」
そらーもー
そらーもー
かわりもんでした
夢を追いかけて
奥さんの弥生さん
遺影には 毎日
コーヒーと 愛飲の
ピー缶が
山笠のテッポーも もちろん
供えられています
西村投手のために
つけたスコアブック
効果的な球や配球を
これで教え、完全試合
につながった！

お稲荷さん守って20年

「旧万行寺前《まんぎょうじまえ》の人が少のうなって、本格的に始めて三十年以上なりますたい」

博多総鎮守櫛田神社のすぐ近く、冷泉二区の阿部昭憲さんが、ひとりで新硯《しんけん》稲荷の世話を始めたいきさつです。

以前は路地の奥で窮屈だった。平成元年ごろ、周りの家がなくなって明るみに出たお稲荷さんは、相当いたんでいた。

「楠の根が張って、鳥居も灯籠も持ち上げられてねじれてしもうとりました」

平成十一年に本殿横の楠をほかへ移植。十三年、寄進をつのって改築修理し、遷宮祭をお櫛田さんに頼んだ。

「こまかときに太鼓ばたたいて門付《かどづ》けさせられよりましたたい」

それを思い出し、初午《はつうま》と節分と日曜が重なった年、昔ながらに古い締太鼓で子どもたちに門付けをさせたら、二百食用意した振る舞いのぜんざいがすぐなくなったとか。今、初午の福引には陣太鼓を鳴らす。昭和二十九年、万行寺前町でつくったもの。町界町名変更で町が分かれたとき、くじ引きで冷泉二区がひきあてた。父の名も彫ってあるのでたまげました。

(2003.06.26)

旧万行寺前
昭和41(1966)年の町界町名変更で冷泉町の一部になった

新硯稲荷
博多区冷泉町にあるお稲荷さん。いつできたかは不明

門付け
人家の前で音曲や芸能を披露してお金などをもらう。町内の子どもがハロウィンでお菓子をもらって回るのと同じ

締太鼓
両側の皮の縁を紐で結び胴にしめつけた太鼓。能、長唄、民俗芸能の囃子などで使われる

陣太鼓
長胴太鼓とも。戦で合図に鳴らす太鼓。江戸時代には追い鳥狩りなどで使われた

狐の鬼瓦
元からのは楠の枝があたって耳がとれとりました
敬老会の額
もーもー来なさい
ドン
もー来なさい
ドン
お稲荷こー
門付けしたらその家から5円か10円ばかしもらえましたたい
阿部昭憲さん
冷泉二区町世話人
おみくじの缶
古〜いつづら箱
五月吉日建之
明治三十三年
汚れていた鳥居を洗ったら字が出てきました
櫛田第2駐車場に植えかえた楠の木
お神酒はすぐ誰かが飲みます
その次に米ば持っていってしまうとです
長男泰介さん
山笠では西流取締
塩
神酒
米
おついたちと15日にお供えする
陣太鼓
父の名前

ボーイミーツガールは冷泉公園

「冷泉公園デビューは四年前たい」

レオ君はそこでベティーさんと会ったのです。

「はじめの飼い主さんはマンション住まいで、僕を袋に入れて散歩につれてってやりよんしゃった。ばってん、やっぱ人にわかってしもうて」

それで友だちにもらわれたけれど、四匹も飼っているので、博多川端にある茶舗中山さんちに来たのです。

「冷泉公園に行くと仲間が四匹くらいおるもん。おもしろかとは、人間は犬の名前は覚えても、人間同士は知らんとやもんね」

春、レオ君は鎖をはずしてうちを飛び出しました。父さん母さんがほうぼう探していると、ベティーさんちから電話がありました。

「お宅のレオがうちの店の前から離れまっせんばい」

行ってみると、レオ君ちゃっかり四階のお座敷に上げてもらって鎮座ましましていたそうです。ほんのりたまげるお話です。

(2003.07.03)

かろのうろん
創業明治15(1882)年。羅臼昆布をふんだんに使い博多のうどんの味を守る老舗。「角のうどん」の博多なまり。永六輔さんのCMで全国的に有名になった

わくろう
博多の方言で、ヒキガエルやガマガエルなど大きいカエルの総称

ベティー いない…
冷泉公園は出あいの場所
博多 町家ふるさと館のそばに山小屋ができた
散歩前のふて寝
ベティーにあいたい
自慢の写真パネル
テレビの写真コンテストで入賞したんです
散歩のあとはしっぽも立ってる
ベティー出て来ないかな…
ほら ベティーちゃん かわいいでしょ ボクより体は大きいけどね

古い人形は箱崎情緒たっぷり

「昔は夕方までかかっておりました。玉を社家さい持っていけ、馬出さい持っていけていいましてなあ」

筥崎宮玉取祭、古田鷹治さんは穏やかなお話し振りです。

「さらっとした砂ならよございますばって、荒砂で足が切れますもん。水の横からかかって鼓膜の破れましたもんなあ」

七月二十三、四日の人形飾りのお話。

「戦争人形はあたしのとこだけかなあ。手やら足の折れて、みんな傷痍《しょうい》軍人になっとります」

箱崎は昔農家ばかりで、親も一生懸命、土間いっぱい人形を飾っていたそうで。忠臣蔵などは人形の数も多いし、石灰を雪に見立ててこしらえたり。

箱崎はまた筥崎宮社馬の畜馬が盛んで、親戚のおいさんが昭和八年全国大会優勝。日本一の「富号《とみ》」は宮内省が三百円でお買い上げ。おいさんは箱検水検の富という芸者さんを集めて祝賀会。箱崎のお話にはたまげます。

（2003.07.17）

社家
筥崎宮の社家が居住していたことに由来する町名。上社家町と下社家町からなり、町界町名変更で箱崎1丁目となる

馬出
筥崎宮の神輿が下向する際、ここから供奉が乗る馬を出したことに由来する町名

筥崎宮玉取祭
正月3日におこなわれる玉せせりのこと。大きな木玉を数百人の裸の男たちが境内で奪い合う姿は勇壮そのもの。岡側の町が勝てば豊作、浜側の町が勝てば大漁といわれている

人形飾り
家の門口に飾る箱庭のこと。手びねりの素朴な人形が箱庭の中に飾られる。子どもたちは家々を回り、線香を供えていく。箱崎の夏の風物詩

箱検水検
箱検は戦前まで福岡市東区箱崎にあった箱崎券番。水検は博多区千代町にあった水茶屋券番

玉取祭の版画（幕末の頃か）
動物の人形はわれわれより古うございます
筥崎宮の神馬
おやじが世話役しとったからもろうたとでしょう
古い古い人形たち
9/23・24の箱崎人形飾りで見られます
東
六、七才のころ子馬の富号にのせてもらいました
古田鷹治さん
中
みごと陸軍大臣賞「富号」の雄姿
海を渡った仁和加面
仁和加の箱崎組が戦前ハワイ・アメリカ西海岸の日系人を慰問したときのもの。手製（昭和11年竜田丸で）
野田末吉さんに貰った
今はなき小川さん作のちゃんぽん

どうしても欲しかった冑の本

「絶対買いたか。ばってが値段が……」

博多人形の名人小島与一さんのお弟子さんになって四年目の昭和四十三年、亀田均さんはお使いで東京神田の古書店に行き、前田青《せい》邨《そん》画伯のスケッチ集『日本の冑《かぶと》』を見つけたのでした。頒価《はんか》九千円が古書で六万円。それもそのはず、二五〇部限定。うち三枚は著者手彩の貴重本。とても手が届きません。

帰って兄弟子に相談したら、出版社に在庫があるかもといわれましたが、出版社の名を控えてくるのを忘れて。

「そんなら前田青邨さんに手紙で問い合わせりゃよかろう、ていわれて一生懸命書いたですよ、辞書ば引き引き」

「そしたらああた、たまげたことに奥さんから手紙の来て、手元に二冊だけありますから一冊差し上げますて。ありがとうて涙の出ました」

相撲人形や肖像人形で有名な人形師さんですが、その情熱は若いころから本物だったんですねえ。

(2003.07.24)

博多人形
400年の伝統を誇る博多を代表する伝統工芸。江戸時代後期、中ノ子吉兵衛（1787－1856年）が今日の博多人形の形をつくったといわれている

小島与一
15歳で白水六三郎に師事。大正13（1924）年のパリ万博に出品した「三人舞妓」で銀牌を受賞。博多人形の名声を高めた。1886－1970年

前田青邨
戦前は日本美術院で活躍。昭和25（1950）年東京芸大教授に就任。昭和30年文化勲章を受章。明治大正昭和を通じ、近代日本を代表する日本画家。1885－1977年

加藤シヅエ
大正8（1919）年渡米し、マーガレット・サンガーに共鳴。帰国後、産児調節運動を開始。女性解放運動に一生を捧げた。1897－2001年

九州場所の優勝力士に贈られる人形
別に肖像人形を制作して贈呈する
「日本の冑」
前田画伯 数十年の成果
芝 増上寺管長の書
椿の帯留
加藤シヅエさんの肖像をつくったら記念にくださった
信玄袋につけた写真ば送ったらまた喜んでくれてですね
いかして使うてくれる。ほうが嬉しいっていわれて
この小机は 白水六三郎 ⇨ 小島与一 ⇨ 亀田均 と使われてきた
鎮め物
与一師匠手書きの「預り」
預り 人形 七日
七日マレ。と博多弁
土俵の中央に埋める。若貴決戦 九州場所のときのもの
亀田家のトイレ
ふつうの
大関小錦さんがつかった。出入りにずいぶん時間がかかったそうで
はい、戸は閉まったごたるですよ
奥さん フミ子さん
亀田均さん
これもお二人の宝ものナナちゃん

博多の山伏さんは喫茶店主

博多の西門通り入り口にある葛城《かつらぎ》地蔵さんは七月二十一日がお祭りでした。ご祈禱したのは修験道の大岡重實《しげみ》さん。冷泉町にある博多でただ一つの修験道寺院寶照院《ほうしょういん》の院主《いんじゅ》です。

ご本尊は塩売大黒《しおうりだいこく》さん。渡唐の安全祈願のため宝満山に籠《こ》もった伝教大師最澄の作といわれています。

「山は塩が貴重品やろうが。それで大黒さんが塩ば運ぶごとなったとやろうね」

そういいながら大岡さん、コーヒーをいれてくれます。たまげることに喫茶店もやっています。

「総本山は京都の聖護院《しょうごいん》、お菓子の八つ橋をつくったところです」

跡継ぎの長男良明さんが教えてくれました。

「昔、御所が火事で二回焼けたとき聖護院ば仮御所に使《つこ》うたけん、今でも御所で私たちが護摩焚《ごまた》きするごとなっています」

博多の町の山伏さん、旧暦七夕の八月六日には冷泉町の辻々でご祈禱をおこないます。

（2003.07.31）

葛城地蔵

昔から上魚町（現上呉服町）で厚い信仰を集める霊験あらたかなお地蔵さん。町内で出征した男たちは全員帰還したといわれ「生き残り地蔵」とも呼ばれる

山伏さんの衣裳
ほら貝
このあたりじゃ一番大きいはず
(吹き)口《くち》は木製、自分の口にあわせうるし塗りの手づくり
頭巾《ときん》
滝や沢の水
お神酒を
いただく
コップになる
梵天袈裟《ぼんてんけさ》
位によって
色がちがう
篠懸《すずかけ》
柴打《しばうち》(刀)
山伏問答で
まちがうと
切腹ですって
真剣！
貝緒《かいのお》
組紐の
ロープ
16尺、25尺、37尺と
位で長さがきまり
引敷《ひしき》
鹿皮が多い
白脚半
白地下足袋
古式では八つ目わらじ
お公家の店
ままや
葛城地蔵さん入り口
せまい入り口から
奥へ進んだ
祭壇
お寺と喫茶店
やっぱ
たまげます
山伏問答は歌舞伎の源流っていわれとるもんね
八月六日は七夕大祈祷会で夕方から護摩を焚いて、町内辻祈祷千燈明を行います
長男 良明さん
大岡重實さん
(実は法世の同級生)

粘土は掘るものつくるもの

ひとつかみ土を拾って、大原曠《ひろし》さんが説明してくれました。

「十一月の終わりから十二月十日前後までに、一年分の原料ば掘ります。ほかの時期は水が浮いてきて掘れんけん」

握った土は粘土です。が、石や砂が混じっていて、そのまま博多人形などをつくって焼くと割れてしまうそうです。水に溶いて攪拌《かくはん》や濾過《ろか》でいい粘土にしなければなりません。月に一二、三トン。三〇キロ詰め五百袋を奥さんと二人三脚で製作します。粘土はつくるものなんです。

「土はあと五、六十年分はある。ばってん私のあとはどうなるかわからん」

子どもは娘さん三人、あとを継ぐかどうか。福岡市内でただ一軒になった七隈の粘土製作所、ちょっと心配です。

大原さんの粘土で子どもたちのつくった人形が、八月十日「博多町家」ふるさと館の夏祭りをいけどうろうで飾ります。（2003.08.07）

いけどうろう
戦前まで続いた博多のお盆の風物詩。手びねりの人形などを木箱に飾って遊ぶ箱庭のこと。家の門口に置き子どもたちが線香を手向けて回った

黄色の地層から下が 粘土層
(上は畑でキュウリとかいっぱい)
壱 かくはん
掘り出した粘土をかくはんする
弐 沈澱
水槽で沈でんさせる
粘土のいけすだ
参 漉す
こまかいメッシュ(網)で漉す
?
チンプンカンプン
(失礼)
ものによっては砂を混ぜることもあるとですよ
四 水抜き
真空ポンプで水を抜く
又 四角の粘土板になる
伍 仕上げ
粘土板を入れる
できあがりの粘土
ビニール袋に入れて粘土の完成
ひと袋30kg しろうとは持ち上げられない
昔は畑と山ばっかしやったばってんいまは住宅に囲まれてしもうて…
拾った土はそのまま粘土でした
大原 曠さん
ホ

神職さんはメキシコ帰り

「福商から國學院《こくがくいん》の経済学部たい。神道学部やないっちゃん」

大学二年の夏休み、寮当番になって帰省しないでいたら、寮のおばさんに資格を取ればとすすめられ、夏季神職資格講座を受けて資格を取得。

伊藤忠さんの実家は博多の中洲で八十八年続く酒店。昭和四十四年に卒業後、大阪で一年間酒屋の修業をして博多に。ところが、「親父《おやじ》と意見の合わんで勘当たい。手切れ金ばくれて、出ていけ、帰ってくるなて」

それでカリフォルニアへ。戦前アメリカへ渡った「幻の剣士」故森寅雄師の剣道場が目当て。伊藤さん剣道五段なんです。

三か月後ビザの切り替えでメキシコへ行ってそのまま居ついてしまい、ピーナツ工場、自動車工場、ガイドなどで働いているうち、お父さんが連れ戻しにやって来て帰国。

五年前、櫛田神社の宮司さんに手伝うてといわれ、以来酒店主人と神職の掛け持ちです。

（2003.08.14）

森寅雄
昭和12（1937）年剣道普及のため渡米、フェンシングも学ぶ。戦後再び渡米し、五輪ローマ大会（1960年）では全米フェンシングチームの監督。東京（1964年）、メキシコ大会（1968年）でもコーチをつとめた。1914−1969年

ソンブレロ♪
実用品の高級品 ン万円
←ふつう
前をはねあげて
かぶる
うしろデコに
ひもをかける
剣道具
アメリカ・メキシコの
無茶(?)修業へ持っていった
40年使っている。今でも博多剣友会で
現役だ、そうとうボロい
メキシコのいなかで買った
ムチ
2m半くらいある
使うたことはなか
アステカカレンダ
のレプリカ
メキシコから日本に帰って来た
友だちの おみやげ
Tu y yo
Tu y yo(あんたと私)と
書いてある
酔うたメキシコ人が
日本の悪口ば
いうたけん
「なんか!」っていうたら
ドーンて撃たれた
すっや
よけたら
弾が
目の前ば
飛んでった
オパール鉱山
関西出身のモチヅキ氏の山
メキシコ観光のエンドウ氏に紹介されて
遊びにいった
伊藤 忠さん

モーターボートで中洲通い

「五、六年は能古島からモーターボートで中洲に通うたですたい。春吉橋につないで、石垣よじ登って。昭和四十年ごろです」

能古島アイランドパーク会長久保田耕作さんの行きつけだったのは上海、白蓮、チャイナタウン、月世界、美人ぞろいのクラブ絹。

「小学校のとき、授業ば抜け出して伝馬船で漕《こ》ぎ出しよったら、校長が来て。どこい行きよるかていうけん、カナトば釣りにいきよりますていうたら、俺も乗していけて」

だから、大人になっても中洲にボートで。十九歳のとき七十までの人生設計をつくって、「もう全部実現して。今六十九歳、七十五までの分ば付け足しとります」

西島伊三雄さんの思い出。

「庭ばつくっちゃれていわれて、奥さんと二人九重につれてって、こげなドングリば植えまっしょう、熊笹《くまざさ》も、ていうて庭ばこさえたら、スズメバチが巣ばつくって、ほんなごとの山になってしもうた」

家を世話した檀一雄さんの思い出。

「有名人が能古島に家ば探しよる、見つけれて知り合いにいわれて。そしたら登記の日に金の足りん、五百万貸せて。あわてて銀行へ行って。一か月後に返してもらいました」

たまがる話の宝庫で。脱帽。（2003.08.21）

伝馬船
荷物などを運ぶはしけ船。甲板のない小舟で幅広、船尾は扁平。櫓または櫂で漕ぐ

カナト
毒のないシロサバフグを北部九州ではカナトフグと呼ぶ。高価なトラフグに対し、庶民のフグとして親しまれている

西島伊三雄
博多下祇園町生まれ。終生博多で活躍したグラフィック・デザイナー。博多町人文化連盟理事長、「博多町家」ふるさと館館長をつとめた。童画や博多の祭りの絵は多くの人に親しまれている。１９２３－２００１年

檀一雄
太宰治（１９０９－１９４８年）や坂口安吾（１９０６－１９５５年）らとともに無頼派の作家。最晩年は博多湾能古島に居住。代表作に『火宅の人』『リツ子・その愛』など。女優檀ふみの父。１９１２－１９７６年

「山の神」のホコラと「二本の賢木」
山の上にうち捨てられていたのを、移しておまつりしている。二本のサカキは20才のとき植えた。もう50才になる
檀一雄さん旧宅
「今書きよるとは、俺が死なんと本にならん」と聞いた "火宅の人"だってく
鍬の形の記念碑
農魂
昭和十六年祖父が土地を買ってから五十年になるとき記念碑をつくれと父にいわれて平成三年にたてた
子どもら祖先の志をつぎ未来へ羽ばたこう
能古小学校百周年記念碑
朝電話して絵の具持って来て下さいていうてかいてもろうた「お前もたいがいの奴やなあ。十枚もかかせてからし」ていわれた
ふたつのサイン
西島先生の10枚のフスマ絵
西島先生に絵をおねがいしとったら入院されて…病院でかいてもらいました
昔能古島は千石船を持って栄えとったとです
ホ
久保田耕作さん
☆このレストランをはじめ100何十軒か自分で設計して建てました

毎日来られるとが御利益です

上川端の中山陽子さんは、十五年間毎日「飢人《うえにん》地蔵」さまのお掃除をしています。何か御利益がありましたか、と聞かれると、「はい、毎日ここへ来られるとが御利益と思うています」と答えます。

「あちこちのお友だちから、日本中のおいしか食べ物ば送ってくるとも御利益やろうねえ」

なんに効きますか、という人もあるそうで。薬じゃないいんだから。

このお地蔵さまは上川端商店街が管理しているんですが、お賽銭《さいせん》泥がいて。以前、半年に一度賽銭箱を開けていたころは、鍵をこじあけたり、そのまま持っていったり。鎖をつけても切ってしまうし、鉄のベルトを溶接しても、ボンベ持ってきて焼き切ってしまって。

しょっちゅう回収するようにして、大がかりな泥棒はなくなったんですが、細かい細工は今でも。粘着テープ使ったり、ビニール袋を中にさげたりとか。そういうやからは、それこそ飢えて死にますぞえ。合掌。

(2003.08.28)

飢人地蔵
中洲の博多川河畔にある地蔵尊。享保17（1732）年の大飢饉で亡くなった人々を弔ってまつられた

博多町人文化勲章
昭和50（1975）年、博多町人文化連盟が博多に貢献した功労者を顕彰するために制定。授与するのではなく、もらっていただくことを旨とするユニークな勲章

おまつりの月は博多町人文化勲章が胸にかけられる
毎年8月23・24日がおまつり
博多川の花火は上川端商店街 加賀屋・原さんの手づくり
お掃除七つ道具
ワリバシ
灰のふるい
お花のハサミ
ドライバー
マッチ
ローソクのカスとり
ローソクは三日で二百本くらいいる。箱ごと持って行かれるときも
お線香は3日で3把から5把。みんなまだし
自分用のローソクはちょっといい品を
バケツ置いとったら便所用て書いちゃあとととりかーって持っていかっしゃあと
水を使おうとホースを引っぱると届かなかった。いる分だけ切って持って行かれた。古新聞でもなんでも持っていく。
ごくろうさまです
中山陽子さん
ホ

パパたちの大奮闘

「ピンクチラシ、金融チラシ、立て看板、ポスター、金属やらプラスチックのプレート、違法のもんはなんでも撤去してください」

八月二十四日の午後、博多中学校の校門そばで、「はっぱの会」会長片岡良二さんが、この日集まった三十三名の会員に説明しました。

八年前にできたはっぱの会は、博多の「は」＋パパの「ぱ」です。小中学校が統廃合して校区が広がったことから、父親たちの親睦《しんぼく》を図るためにできました。

毎月一回校門前で朝のあいさつ運動、親子釣り大会、子ども山笠や三〇キロ鍛錬遠足の支援など活動はなかなか活発です。

この日は、去年から始めたピンクチラシ撤去。ふた手に分かれ、五時からたっぷり二時間、電柱や街灯、公衆電話などのチラシや看板をはずして回りました。糊《のり》がきつくてなかなか取れないものばかり。よくこんなところに、とたまげるような場所にもはってあるのを、汗だくではがして回りました。

（2003.09.04）

子ども山笠
昭和21（1946）年奈良屋校区の戦災復興祭ではじめて走り、山笠復活のきっかけとなった。昭和46年寿通りの河原由明氏が自費で子ども山笠をつくり現在に至る

三〇キロ鍛錬遠足
博多中学校の全校行事。平成8（1996）年から毎年12月に実施。学校から志賀島までの約30キロの鍛練遠足。「はっぱの会」の保護者がサポート

四地区
冷泉・御供所・奈良屋・大浜の旧4校区。平成10（1998）年人口減少で4校区が統合され博多校区となったが、地域行事は旧4校区でそれぞれおこなわれている

テキもさるもの
こんな高いところに
木にも
身につけるもの
証明書
登録員証明書
STAFF
はっぱの会
手帳
福岡市路上違反広告物追放登録員
腕章
博多中学に集合
どんどん
はがす…！
参加することに
イギを感じる人も
のりはがしスプレー
ヘラ
軍手
リバレイン付近
終われば
いつも
カンパイ
です
ざっくばらんで
四地区の垣根が
低うなって　それが
良かとです
三代目会長
片岡良二さん
ビールは最後の必需品!!

ネオン明かりの月下美人

「年に三回くらい咲くごたあです」

　風通しのいい居間で、庭に咲きそろった何鉢もの月下美人をながめながら、清武義孝さんはいいます。ここは那珂川にかかる福博であい橋のすぐそば、ビルの屋上です。コンクリートの庭には、プランターがいくつも並べてあり、緑がいっぱい。

「二十四、五年前まで、旅館ばしよって、一階に住んどりました」

　屋上の家は四十年も前にお父さんが建てたそうです。民謡が好きで、引退したらこの屋上に住むつもりだったのが、六十一歳で亡くなり、悠々自適の生活は実現しませんでした。その後、旅館のビルを大改造して飲食店のテナントを入れたのを機会に、残った家族は中洲での空中生活に入ったのでした。

「台風のときはえずかです」

　が、どのくらい快適かは、二匹の飼い猫のたまがるくらいおっとりしていることでもよくわかります。


（2003.09.11）

月下美人
メキシコ原産のサボテン科の多肉植物。華やかな姿と香りで、一晩だけ花を咲かせるところから花言葉は「はかない愛」

双葉山
第35代横綱。大分県生まれ。昭和2（1927）年15歳で立浪部屋に入門。昭和11年春場所から昭和14年春場所までの7場所で69連勝を達成。戦後は日本相撲協会理事長もつとめた。1912－1968年

お父さん
朝倉郡で横綱だった
「あっちこっちの相撲部屋とつきあいよりました
双葉山の手紙やらが
どっかにいっぱいあります」
ネオンの下の月下美人
今年は知人の料理人さんが花をてんぷらにしてくれた
民謡酒場のドラ
このドラに出迎えられた
お客さんも多いはずです
櫛田神社の宮総代なので
お神酒のお中元が…うまかった。
おやじはアマチュア相撲のめんどうもようみよりました
清武義孝さん
中洲の空中庭園
二匹のおっとりネコたち

山を舁く手に絵筆を持って

「絵は前から好きやったです。美術展やら行きよったもん」

とは、上川端の山笠総代清水俊次郎さん。

「平成八年に腰のヘルニア手術で入院したとき、一か月くらいずうっとスケッチばしよりました。なあもすることのなかけん」

はじめての油絵は二年後。

「なあもわからんで描いた」

以来、油絵を描き続け、近くの画家にもマンツーマンで指導を受け、この春、満を持して市展に出品して入選。題材はずばり博多山笠の「櫛田入り」。

秋には県展で、山笠をテーマの「走れ」が入選ですから、山の仲間はびっくりたまがって、上川端商店街を清水画伯祝賀会の回状が飛び交っています。

「若いときはヨット、ギター。若かときギターやらしよけばもてよったでしょうが」

じゃあ、奥さんはそれで？

「いいえ、あれには引っ掛けられたとです」

あ、これはオフレコでしたっけ。

（2003.09.18）

櫛田入り
山留めから櫛田神社境内の清道を回り、境内を出るまでをいう。追山ならしと追山のときは、所要時間と回り方が競われる

棒締め
山笠の台と6本の舁き棒を麻のロープで組み立てる作業。山大工の指導のもと「ボーボー締めた、棒締めた」のかけ声で山の若手が締め上げる

出張のあいまにもスケッチを欠かさない
ほんなごと入選しとる
入選証
輝く二枚の入選証
市展入選作は暑中見舞ハガキに
「櫛田入り」
もともとこり性
20代の頃つくった1/10スケールの山笠台
山笠の仲間中山さん
三味線を三年前から奥さんといっしょに
早く亡くなったお父さんの形見
山の棒じめ用木づち
娘さんの肖像を制作中
むつかしかです
先生には明度と彩度を厳しく指導されます
清水俊次郎さん 石油会社の役員です。
左きき
ホ

商売抜きで楽屋に差し入れ

「これが一番たまげろうねえ。玉三郎さんのサイン」

博多座の坂東玉三郎公演のパンフレットを見せてくれたのは、西中洲で馬刺し料理店を開いている伊藤秀一さん。パンフレットには玉三郎さんのサインが金文字で入っています。

「なかなかサインしてくれんげなもん」

川端通りを毎日のように自転車で行き来している伊藤さん、博多座の楽屋に差し入れに行くのです。多いときは二十人前も食べ物を届けるそうです。もちろんお代はいただきません。

「くせになってしもうて。スタッフとかとつきあいよったら、なんかしとうなって」

博多座の出し物は全部見ているそうで、買い集めたパンフレットには出演者のサインがいっぱい。

そういうものとは別に、「博多町家」ふるさと館に、新宿駅のプラットホームで使われていたという旧国鉄の大時計を寄贈してくれました。感謝。

（2003.09.25）

坂東玉三郎特別公演
玉三郎さんのサイン
四代 松緑さん
橘之助さん
四代 左団次さん
歌舞伎隈取りの写し 役者さんが舞台下りて紙を顔に押しあてて
写しとるので 一枚しかとれない
昔 使っていた写真機
一番山笠 中洲流 町相談
パンフレットの数々
中にはサインがいっぱい
いとこが西ドイツで買った
アコーディオン
なんやかんや
集めるとが
前から
好いとっちゃん
伊藤秀一さん
黒田征太郎さんの色紙
天より高く
うまい
鳥
西島伊三雄さんの牛

映画の資料に囲まれて

門司の松永武さんがはじめて見た天然色映画は「ロビン・フッドの冒険」。主役のエロール・フリンが剣で敵を刺すと、流れる血が赤かった。興奮をそのまま小学校の友だちに話したときのこと。

「先生が松永もういい、やめとけというんですよ。生徒も先生も、映画に色がついていることを信用してくれんのですよ」

そんなこんなが映画の資料やパンフレットを集めるきっかけになり、平成九年、定年より早く勤めをやめて、松永文庫をつくり、無料公開しています。

「私は映画が父と思っています。ほんとの親父《おやじ》からは何にも教わらんかったですよ」

お父さんはサラリーを全部つぎ込むほど民俗学にはまった勉強道楽。冠婚葬祭も奥さんや子どもまかせ。子どもの松永さん、名代で出席してもあいさつがわからない。映画で勉強したというのです。

でも、たまがるばかりの凝り性は、お父さん譲りのようですねえ。

(2003.10.02)

ロビン・フッドの冒険
1938年のアメリカ映画。主演はエロール・フリン。アカデミー賞の美術監督賞、編集賞、音楽賞の3部門を受賞

エロール・フリン
オーストラリア出身のハリウッド男優。10代から探検家を夢見て各地を転々とし、スペイン内乱にも参加した。晩年は不遇で酒浸りの人生だった。1909－1959年

かわいいけれど 充実した私設図書館
民俗学と日本映画の
松永文庫
[私設図書館]
新聞四紙の映画や芸能記事を毎日スクラップしています
三時間はかかるもんですからつかれます
「映画ファンの交流の場になればと思って開館しました」
日本民俗文化資料集成⑬
民俗と地名I 民俗地名語彙事典 上
三一書房
日本民俗文化資料集成⑭
民俗と地名II 民俗地名語彙事典 下
三一書房
お父さんの著作「民俗地名語彙事典」
博多っ子純情
まずはじめに映画「博多っ子純情」のプレスシートを見せていただき感激!!
恵子夫人は和紙人形とパンづくりが趣味です
おいしい
日本中の友だちに送るとか

バナナも売るタクシー運転手さん

「わたくしこと青春の門でおなじみの、生まれは豊前の筑豊の……」

タクシーに乗ったとたん、立て板に水の自己紹介が始まります。小倉南区の小林三郎さん、バナナの叩き売りやガマの油売りの芸を持つ、たまがるタクシー運転手さんです。

「もとは宴会の隠し芸がいやでいやで、トイレに行くふりをして逃げとったですよ」

隠し芸好きの親友が四十前に急逝して、人生逃げたらいかんと思うようになったのが、隠し芸をやるきっかけとなり、まず、歌舞伎の口上を覚えたとか。

門司でバナナの叩き売りを復活させた新聞記事を見て、これなら自分にもやれると、練習して大会に応募、二年目三年目に優勝、そのあとは負けず嫌いでいけいけどんどん。今ではあちこちひっぱりだこです。

ご長男の結婚披露宴で芸を披露したときは大受けで、新郎新婦そっちのけに、

「列席の人に胴上げされましたばい」

おみごと！

（2003.10.09）

青春の門
五木寛之の代表作。筑豊編・自立編・放浪編・堕落編・望郷編・再起編からなる長編小説。映画、テレビドラマ化もされた

バナナの叩き売り
門司港が発祥。バナナは明治末期以降台湾から大量に輸入された。熟れすぎたものや不良品を早く売りさばくために露天商が独特の口上で安売りしたのが始まり

ガマの油売り
大道芸の香具師の口上といえば、ご存じガマの油売り。関西の香具師は伊吹山、関東では筑波山をガマの生息地とする

宝もの
小倉の寅さん
中に着ているのは松竹にもらった「男はつらいよ」のはんてん
ガマ
ガマの油売りのガマ
アズマガエル（本州・四国・九州に生息）
三匹飼っている
エサのコオロギ・ワーム 一匹 20円也
オオバコ草（スモトリ草）
ガマが食べるという伝説が！
自助努力
昭和五十六年十一月三日
丸和社長 吉田登
日本初のスーパーマーケットをつくった故吉田登氏は小林さんのお仲人だ
尺八奏者・書家 石原無堂氏にもらった般若心経の一刀彫り
方城斎笑流
家元 方城斎天山
有名になる前からつくっていた家元の看板
鎧がはいっているのです
前
会社には五十人運転手がおるけど三十七年間トップやけね
負けずぎらいたい！
いつでも 旅に出る 仕度ができています
小林 三郎さん
ホ

アジアに目覚め二重生活

「檀一雄さんが好きでね」

平成元年、能古島に移住した書画陶芸作家の荒尾記史朗さん、もともとは書家。福大二年で県展に入選した英才ですが、自分流に目覚めて卒業後は独立独歩。

小学校の警備員をしたり、中洲のホステスさん相手に書道教室を開いたりするうち、個展をやればという声が掛かって、

「額を買いに大川の額ぶち工場へ行ったら高くて買えんもん。そしたらすみっこに捨てるのがいっぱいあって」

ただでもらってきて、色を塗ったり細工を施してめでたく個展開催。思いがけず完売。そのあがりでインドへ。その後もアジアを巡るうち、欧米指向からアジア回帰に。で、落ち着いたのがバリ島。

バティック（ろうけつ染め）などのアーティストと交流するうち、家を建てることに。

今では能古島とバリを行ったり来たりの二重生活中。転がる石にもりっぱに苔《こけ》はつくもののようで、たまがります。

(2003.10.16)

大川
福岡県大川市のこと。古くから木工業がさかんで、高度経済成長期には全国最大の家具生産地として脚光を浴びた

能古島の散鯰堂入口
あちこちに ナマズがいっぱい
散鯰
手づくりのバー 流木やもらいもの 拾いもので つくった 毎晩宴会が？
散鯰堂《さんねんどう》の由来
一匹でも地震をおこすナマズが たくさん世界に散って 芸術界に激震を おこすようにとの 願いをこめて
はじめ三年借りた家で名づけた
露天風呂
バリ島のアトリエ
「金ができるたんびに あるしこ持っていって これだけ つくってくれて」
２年かけてレストランもつくり、今は かわいい ホテルを建設中
うらやましか〜
能古島にうつって 五年かけて 穴窯をつくってね 焼きものをやったけど 完全に失敗
一週間で 水の泡になったね 窯をあけたら 恐しかったですよ
荒尾記史朗さん
ホ

叩かれ覚えた博多手染め

「親父《おやじ》は叩くとが仕事。あとからこげなことしてつあるかていうだけ。こげんせれやら教えんもん」

博多手染め「紺重《こんじゅう》」四代目安恒《やすつね》重三《じゅうぞう》さん、お父さんに仕込まれたころのお話です。糊づくりから覚えて十年しないと一人前にならないとか。

「今は教えて給料払うて、時間が来たら帰りまっしょうが。ほんとは叩かれんと覚えんもん」

古典柄の嫁入り風呂敷はもちろん、のぼりや大漁旗も今はひとりで手がけます。

「昔は、染物屋には嫁にやるな、ていわれよりました。今は女房はなあも手伝いません。金が入ったら芝居とか見にいきよります」

といいながら、ご夫婦ニコニコです。

「若かときは一升酒。働いて飲むけん酒もうまか。飲みよった知り合いはみんな死んでしもうたですばってん」

高血圧で入院したあとも、飲めば五合は。年季の入ったお酒でたまがります。大正生まれの八十二歳、まだまだお元気で。

（2003.10.23）

博多手染め
天竺木綿を使った染め物。下絵をもとに紙型をつくり生地にあて、防染糊を塗って乾かし色を差す。さらに差した色の上に糊を置いて地色を染め、水洗いして乾燥させ完成する

嫁入り風呂敷
嫁入りの際、道具や衣類を包むのに使われる手染め風呂敷。縁起物の図柄と家紋を入れる。里帰りしたときは紅白の饅頭を包んで近所に配るのが習わしだった

博多手染めの 嫁入り風呂敷
ツル、カメ、松竹梅の柄
博多独特の図柄 寒鳥型《かんとり》
還暦祝い用 昔は赤染めで もめんの単衣
今は絹で ちゃんちゃんこ 帽子をつくる また色をかえて 女性用の着物にも
砂金袋・みの、笠、打出の小づち の 宝づくし
高砂部屋の のぼり型紙 (唐人町商店街用)
先代朝潮、富士錦、朝潮、三代の親方と おつきあい
高砂部屋の宿舎 成道寺(すぐ裏にある)
ことしは朝青龍ののぼりもつくる
のり (もち米)
はけが いっぱい!
制作実演ばしましたら みんな、そげん手間の かかるとですかて たまがらっしゃあです
もち米の のりと ぬかを 合わせる
ぬか
安恒 重三さん
針子張りした布に 手染めの制作中
ホ

ほんなごと列車の走った！

博多区上川端町の楢崎半三さんは楢崎鈑金工業の三代目。

「昭和四十一年に三菱重工からタンカーの模型の注文のあって……」

　波きりの実験に使う模型で、図面を見せられても、ドイツ語ばかりでチンプンカンプン。企業秘密があるからメモはだめ、手のひらに万年筆で書いて覚えたとか。

「瀬戸大橋の風洞実験模型のときは、五脚こさえて日通の三輪トラックば貸し切りで送ったら、幌《ほろ》の上に逆さにおいとるもん、ばらばらに壊れてしもうて。これは企業秘密で、ドーバー海峡の橋に使うかも、とかいわれて。瀬戸大橋には、列車が通るやらいわれても考えられんやったが、完成したらほんなごと列車の走りよるもん」

　もともとは造り酒屋という旧家。明治二十年に酒屋は廃業したのですが、そのころの借用証が何枚も残っているそうで、二年で二五〇〇円くらいもあり、貸し倒れ。

　奥さんは父方がこれも旧家の奥村家。お二人の話には名家の名がごろごろ出てたまがります。


（2003.10.30）

奥村家
江戸時代から続く博多の旧家。家業は醬油醸造業。「筑前名所図会」を記した町人学者奥村玉蘭（1761−1828年）は四代目当主

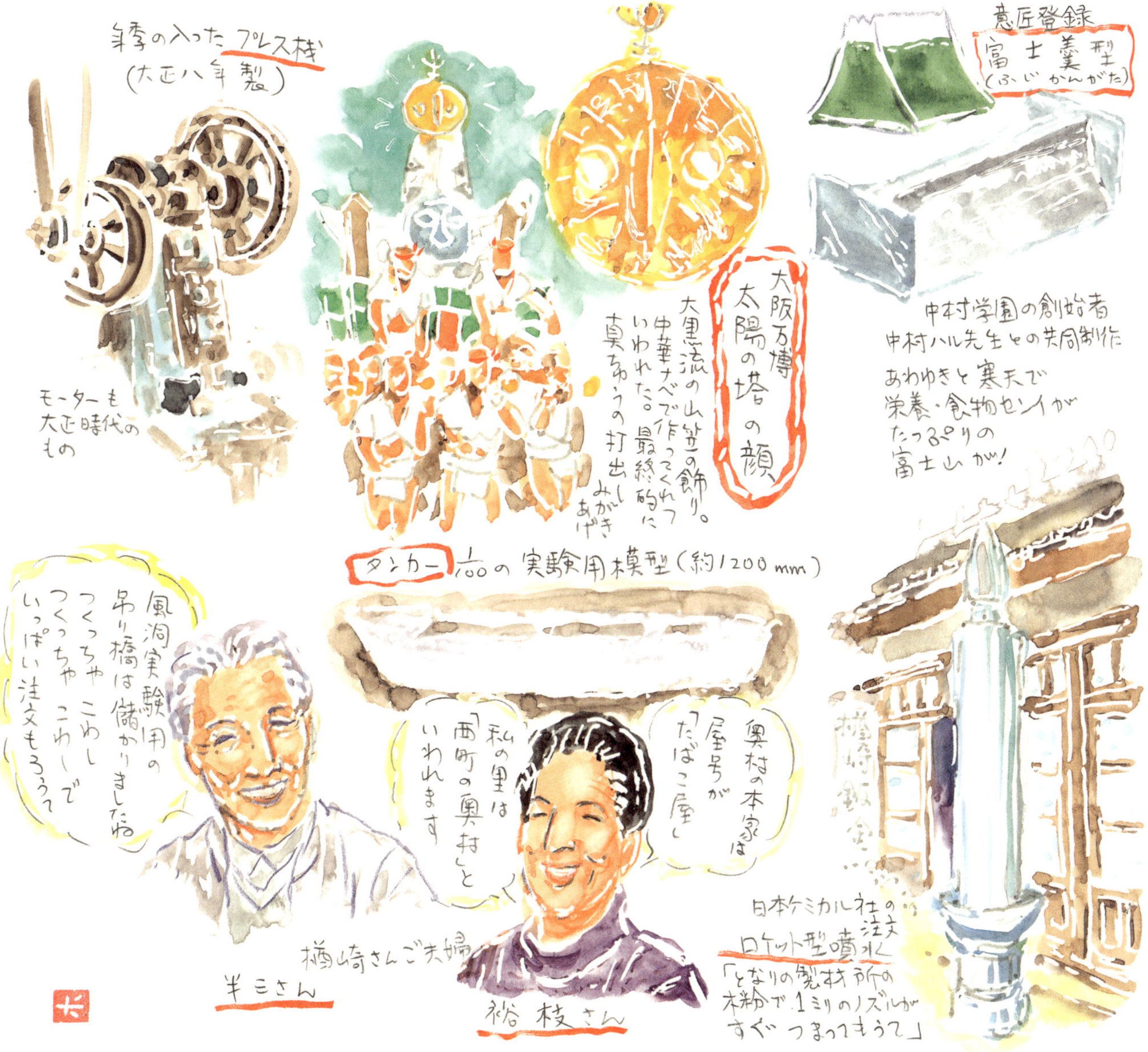
年季の入ったプレス機
（大正八年製）
モーターも大正時代のもの
大阪万博 太陽の塔の顔
大黒流の山笠の飾り。中華ナベで作ってくれっていわれた。最終的に真ちゅうの打出しみがきあげ
意匠登録
富士羹型
（ふじかんがた）
中村学園の創始者
中村ハル先生との共同制作
あわゆきと寒天で栄養・食物センイがたっぷりの富士山が！
タンカー 1/100の実験用模型（約1200mm）
風洞実験用の吊り橋は儲かりましたね つくっちゃこわし つくっちゃこわしで いっぱい注文もろうて
私の里は「西町の奥村」といわれます
奥村の本家は屋号が「たばこ屋」
楢崎さんご夫婦
半三さん
裕枝さん
日本ケミカル社の注文
ロケット型噴水
「となりの製材所の木粉で1ミリのノズルがすぐつまってもうて」

結核で入院中『黄色い風土』読んで

「ほんとは野球部じゃなかったんですよ。でも、一日だけ在籍しておったことにしてくれましてねえ」

小倉北区室町の「清張の会」事務局長、上田喜久雄さんは、北九州市役所の勤めを早期退職して、松本清張の会を立ち上げました。会員募集に元同僚の野球部員たちが乗ってくれ、ゴルフコンペに参加させてくれたのでしたが、

「ゴルフにならんのですよ、会費をもらって回らにゃならんので」

会をつくったきっかけは、昭和四十四年、結核で入院したときはじめて読んだ、清張の『黄色い風土』に感動したからだとか。

四年前に発会して、今では会員五百六十余人。その間にため込んだものが、十二月に『清張』という題名の本になります。北九州市文化振興基金奨励事業にもめでたく採択されて、助成金がおりることに。

「やってきたことが認められて、これがうれしいですねえ」

法世さんが五七〇人目といわれてたまげましたが、三千円の年会費を払ったのでした。

（2003.11.06）

清張の会
松本清張（1909－1992年）の出身地、北九州市で5名の有志により発足。毎月小説の舞台を訪れるなどの活動をおこなっている

黄色い風土
次々と起こる謎の死。旧日本軍特殊部隊を中心とする大がかりな紙幣偽造団の存在をかぎ取る主人公。そして犯人は意外な人物だった

会に招いた作家たちの色紙
松本清張
東京八王子にある墓碑には今も供花が
十二月に上梓される「清張」四年間の集大成！
清張
熱心な会員が清張を求めて事務局を訪れる
会報「点と線」
点と線
清張が"或る「小倉日記」伝"などを執筆した家が黒住町にあるんです。ぜひ残したいですねえ
博多から来る会員も
出版物やビデオがぎっしり
「清張の会」事務局長
上田喜久雄さん
ホ

「原田の試合のころ生まれていないんですよ」

「最高齢は六十三歳、最年少は五歳の子でしたね」

小倉北区江南町のボクシングジム「G16」には、老若男女九十人が通ってきます。会長の川上正博さんは三十六歳、平成八年にジムを開きました。

六十三歳の練習生は、前にボクシングをやっていたということで、

「本格的でしたね。日大講堂でファイティング原田の試合を見たとか話されるんですが、自分生まれていないんですよ」

原則小学生以上ですが、五歳の子は母親の熱意にほだされて練習生に。

プロは十五人で、その中の武田匡弘選手は、元世界チャンピオンの畑山選手が特待練習生だった時期に、スカウトされて同門になったほどの逸材。二試合出場したところで、わけあってボクシングを断念。東京から小倉に戻っていたのですが、夢絶ちがたく十二月に再デビューします。

ところで会長のお母さんは、野球の神様川上哲治氏の姪御《めいご》さんと聞いて、こりゃたまがった！

（2003.11.13）

ファイティング原田
元世界フライ級、バンタム級チャンピオン。19歳で世界フライ級チャンピオンとなり、日本人として初の2階級制覇を成し遂げる。63戦56勝（23KO）7敗。日本ボクシング協会会長

畑山隆則
世界スーパーフェザー級、ライト級の2階級制覇を達成。29戦24勝（19KO）2敗3分。引退後はタレントとして活躍

川上哲治
巨人軍で戦前戦後を通じ5度の首位打者、2度の本塁打王に輝き「赤バット」「打撃の神様」と呼ばれた。監督時代は巨人軍のV9を達成した。背番号16は永久欠番

会長の弟 貴司さんは 食工房「かわかみ」主人
ライターをめざしている
内弟子の岡部達也君
練習がおわると店に立つ
スパーリングがはじまるとジムは緊張に包まれた!!
武田匡弘君
12月7日が再デビューだ!
G16
「かわかみ」に飾られている野球の神さまの書
「一球入魂」の書をメニューの串揚げにあわせて書き直してもらったとか
一串入魂
川上哲治書
無敗
「無敗」
神さまの書はやはり、すっすごい!
ジムと居酒屋が同居しています
試合中 社長(母)の声がセコンドより大きいんです
自分たちが左いけ左!というのに、右だ右!とか
G16 会長 川上正博さん
ジムのアイドルの子猫 チャンプ
ジャブがよく出る
ホ

アマチュア劇団座長は焼き鳥屋さん

「だまし討ちですよ。うちの店で会議ばしよってですね、下で料理して二階の座敷に上がっていったら、みんなの総意でお前が座長に決まったていわれて」

大野城市の焼き鳥店のご主人藤嘉昭さんが、アマチュア劇団「迷子座」の二代目座長になったいきさつです。

昭和六十一年、大野城に文化を起こそうとできた迷子座。初代座長の長澤幸司さんが脚本演出に専念するというので、十年前、藤さんが引き継ぎました。

定期公演のオリジナル作品だけで十九本。座員は現在約四十人。年六、七回の公演は練習期間も含め、かなりハード。

「座員からオフ（休み）くださいていわれよります」

平成八年、まどかぴあの柿《こけら》落とし公演では、小松政夫さんに客演を依頼したところ、台本に目を通す暇がなかったようで、当日一時間くださいといって楽屋にこもったあとの、アドリブ入りの芝居のたくみさには、

「やっぱ、たまげました！」

（2003.11.20）

大道具小道具がぎっしりの倉庫
かつらがいっぱい
んマ、あんた、ヤキトリくさかなあ
チパチ
パチパチ
パチパチ
大野城まどかぴあ こけらおとし公演
小松政夫さんのアドリブ
長澤幸司さん
初代座長
脚本演出
公演ごとの立ちげいこは3、4回
演出はキ・ビ・シ・イ!
成績のよかんが学芸会に出よったでしょうが
おれたちはバックで海は一広いなー大きいなーやったもん
迷子座
二代目座長 藤嘉昭さん
しーーん
ホ

住職はアルゼンチン帰り

「ノイローゼの青年をアルゼンチンに預けたら、一か月で治ったんですよ」

預かった門徒さんは平原（パンパス）に毛布一枚だけで彼を一晩ほっといたそうです。

でかい夕日と、手の届きそうな星空、流れ星、孤独の長い夜、美しい夜明け。大自然を経験して青年は立ち直ったそうです。

太宰府市にある大願寺の住職藤山慈雄さんは、東京での会社勤めを二十四歳でやめ仏門に入った変わり種。大学で勉強しなおし、アメリカに五年、次にお寺を建てるためアルゼンチンに渡航。何十年も前から計画はあったのに、日本の八倍ある広大な土地に三万人の日系人が散らばったりしていて、建設が進まなかったのです。お寺にかかわる人たちをまとめ、手づくりで三年かけて完成させたとか。

法事のためブエノスアイレスから、バスで二十数時間かけパラグアイまで行ったことも。

「それまでは亡くなった愛する人をただ埋めるだけ。涙を流してお経を聞いていてくれました。一言一句皆仏也《なり》といいますが、改めて教わる思いでした」

（2003.11.27）

おいしい
般若湯
アルゼンチンのワイン
サトウキビ製
ブラジルの酒
ピンガ
マテ茶セット
カジキマグロのつの
ネパールの木彫り面
苦心の末建立したアルゼンチン仏教会での法要
日系米人初の宇宙飛行士
オニヅカ氏と
ロサンゼルスで
イグアスの滝
裏山の渓流で催す
灯会《ホタルカイ》（ホタルを見る会）には
老若男女200人が集う
だれもがたまげる
本堂裏の縁側（宴会用？）
ほとんど世界中まわりました
この前はネパールに
日本にいると流されそうになって…また海外に出ようかなと
藤山慈雄住職

どんたくの通りもんが縁結び

「どんたくの通りもんの来るとば、二階から伯母と見よって、最後のひと組が来て、おもしろかけんついて行こうていうて、夜中の二時過ぎに旧魚町《うおのまち》から中洲まで行きましたと。それが主人で」

「見合いのとき、あれはお前やったとやて」

中洲で一軒だけの米穀店経営、砥綿《とわた》善一郎さん、珠江さん夫婦のなれそめです。

「仲人の石田清兵衛さんが、よかくさ、お前もついて来やいていいなざすけん、結納に行ったとですよ」

「主人の三味線で私が踊りましたと。こげなすみ酒ははじめてていわれてから」

昭和三十三年に嫁いだころは、「二時間以上寝たことはない」ほど繁盛したとか。

「映画見て食堂に行くとが娯楽の時代でしたろうが。正月に休むとに、三か月前から米ばつきはじめな間に合いませんとじゃもん」

昭和二十年、旧西門町から「まだ空襲で土のほかほかしよるときに」中洲に移転。子豚を三匹もらってきて育てたら、肉屋さんに「そらあ、よか値段で」売れたとか、たまがる話ばかり。

（2003.12.04）

通りもん
どんたくの仮装隊のこと。歌舞音曲、博多仁和加などを披露しながら町を練り歩く

旧魚町
博多の町を東西に横断する主要道路沿いで、魚町流の中心の町。江戸初期まで塩や魚を売っていたので町名になった

すみ酒
結納の前におこなわれる博多のしきたり。清酒1升と大鯛1尾を塗りぶたの肴箱に入れて持参する。一生一代添いとげるという意を表す

旧西門町
魚町流の東端の町。大正時代の名関脇福柳はこの町の出身

ビル5階屋上の道祖神
猿田彦さま

お不動さまも

建てかえで仮店舗に移すとき石屋さんたち6人でもなかなか持ち上がらなかった
お戻しするときは二人ですっと運べたとか

新婚旅行出発の日
店の中には米俵　奥の道祖神は
筑紫郡山家からお父さんが運んだもの

アルバムから
善一郎さん

玄関には大黒様

十八歳のとき買ってもらった
中洲は遊びの多かけんていうて丸坊主のときから外に出ていかんごと家で習わされとります

思い出の三味線

お見合いのとき爪の中がまっ黒であの人働きもんのごとあるて
両親に報告しましたとそしたらお前顔は見らんやったとかて
豚でから家ば建てたろうていわれよります
井上吉左衛門さん（初代山笠振興会長）に中洲で豚ば置いたとはお前が初めてぞて

信心深い　砥綿善一郎さん　珠江さん夫妻

ホ

憧れの単車「陸王」の悲しい物語

「若いころ、人のとに乗って、大濠公園で練習して市内を走りまして。欲しくて欲しくて」

ハーレー・ダビッドソンの日本版「陸王」のお話です。福岡市上川端町の秋丸卓也さんが、その憧《あこが》れの単車をやっと手にしたのは四十歳のころ、三十年も前です。

中古車を二台入手し、部品を合わせて完璧に修復。ところが、

「どうしても欲しくて買《こ》うたんですが、手にしたときはもう体力的に無理で、ははは」

「それにエンジンの音が、ほんもんのと違いまして上品じゃなくて。ものすごくうるさいんですよ、陸王は」

二、三回エンジンをかけただけでお蔵に。

「裏に置いとりましたら、これが大きくて、邪魔で邪魔で」

あっちに預けこっちに置いて幾星霜、平成十五年七月の大水に浸かってとうとう動かなくなり、

「修理に一二〇万かかるていわれまして、十月に十五万円で人に譲りました」

とは、たまがった！

（2003.12.11）

陸王
陸軍の要請で製作された国産最初の大型オートバイ。米国ハーレー・ダビッドソン社の協力で約１５００台が生産された

平成15年7月の大水
7月18日から20日にかけて西日本を襲った豪雨。福岡市のJR博多駅ではコンコースのほぼ全域が一時冠水し、各地でがけ崩れや床下浸水の被害が相次いだ

時計にもこったりして
ロンドンのビッグベンの絵

時計は本物　オルゴール付き、

ちゃんと動くようにして
オルゴールも鳴っていたんですが
分解掃除に出しましたら
こわれてしまってですね

バイク雑誌の表紙を
飾った秋丸さんの「陸王」
特集記事にもなった（上）

三年連続 モンドセレクション金賞!!!
モンドセレクションは
三回金賞をとると
国際優秀品質賞を
いただけます。
それまではと伝達式には
出なかったんですが

念願の三回目は
テロやらの国際情勢で
行けませんで
残念でした。ははは
明月堂社長
秋丸卓也さん

ご存じ「博多通りもん」で受賞のモンドセレクション
1960年ベルギーではじめられ EU12ヶ国がまわりもちで
開催。世界50ヶ国から4000品目が出品される。
事前審査が厳しく、添加物など少しも見逃さない。

バーナード・リーチが絵付けした博多曲物

「そこらへんにあったとに描かせとうとですよ、祖父が。オヤジもそげん偉か人とは知らんやったもんていうとですよ」

志免町の博多曲物《まげもの》師十八代目柴田真理子さんは、亡くなったお父さんとの会話を昨日のことのように話します。

昭和二十九年、世界的陶芸家の英国人バーナード・リーチ氏が、柳宗悦氏と同家を訪れ絵付けしたのですが、それは木目のそろわない安物でした。リーチ氏の死亡記事が新聞に大きく出たとき、ようやくその価値がわかって、みんなたまがりました。

姉兄弟はいるのに、仕事を手伝わされたのは二女真理子さんだけ。

「二十五歳の正月に親戚が集まったとき、あとば継ごうかねえていうたら、ぼろくそいわれたんですよう。女に何ができるかて」

お父さんが六十四歳で亡くなると、「がんばんないや」といわれて。

息子さんが二人、どちらかがあとを継ぐまでがんばりますという気骨のある職人さんです。

（2003.12.18）

博多曲物
飯びつや茶びつ、弁当箱など、杉柾でつくられる。板の合わせ目は桜の皮でとめられて優美。子どものすこやかな成長を願うぽっぱ膳は優れた民芸品

バーナード・リーチ
イギリスの陶芸家。幼児期を日本で過ごし、再来日後6世尾形乾山（1851－1923年）に師事。東洋陶磁と英国の伝統的な陶芸を融合させ独自の作風を確立した。1887－1979年

柳宗悦
民芸運動の提唱者。陶芸家の濱田庄司（1894－1978年）や河井寛次郎（1890－1966年）らと交流をはかり、民芸の調査と普及に努めた。「日本民藝館」の初代館長。1889－1961年

民芸曲物
茶湯具
三宝
玉樹
縁高寸法
真理子さんのものさし
水指（利久）
巾五寸八分 高四寸九分 厚三分
お父さんのものさし
バーナード・リーチの絵付け
大作家て知ってから人にいわれて額に入れようとですよ
志免町の工房玉樹（たまき）
平成八年東区馬出から移転した
インターネットでも注文がくる
真理子さんの創作
ワインクーラー
アイスペールもつくる
整然とした工房で美しい曲物がつくられる
手づくりの湯釜で杉の柾板をゆで昔ながらの手作業で曲物をつくる
木しか燃やさないので環境にもやさしい（為念）
このごろ仕事中の姿がオヤジにそっくりっていわれるとですよ どういうことですか
酒のんでオヤジとよう喧嘩しました
飲めば一升あけるとか
湯桶
三宝
火鉢
なつめ
飯櫃
ポッポーお膳
博多曲物師十八代目
柴田真理子さん
※初代は慶長五年（1600）没という家柄

黄砂が運んだ田の草取り虫

「田植えして三、四日。出てくるか出てこんか……」

誰にもわからない。カブトエビを語る前原市神在《かみあり》の農業藤瀬新策さんのお話です。

「手品のごとわいてきます。ぜんぜん草取りはせんでいいです」

二十年前から、水田の農薬を減らしていって、十年たったとき、田の草取り虫といわれるカブトエビが自然発生。

「代かきのあと、いっちょん水が澄まん。ひょっとしたら……」

水が濁っていると雑草が生えないのではと報告したら、そんなばかなといいながら大学の先生が調べて、カブトエビの存在が。

「エビが土ばかきまわすけん、水が濁って光合成ができん。雑草が発芽せんとです」

九大で開催された「天敵学会」で発表されて世界の学者の注目を浴び、数々の受賞。

「昨年、『環境稲作のすすめ』ていう本ばつくったら、大手町の全農ビルの地下に置いてくれて、うそかほんとか、いちばん売れよるて聞いとります」

取材の終わりに誰か変わった友人を教えてといったら、

「私が一番変わっとります」

（2003.12.25）

代かき
水田に水を張り、耕耘機で攪拌し、田植え前に稲を植えやすくする作業。昔は牛馬に鍬を曳かせておこなわれた

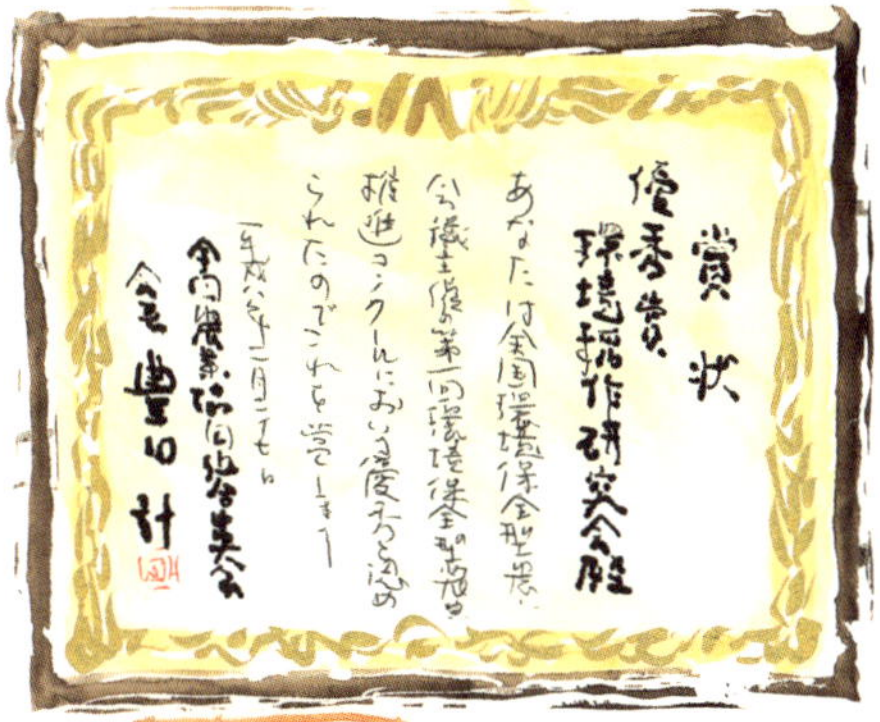
賞状
優秀賞
環境稲作研究会殿
あなたは全国環境保全型農
業推進会議主催の第一回環境保全型農業
推進コンクールにおいて優秀と認め
られたのでこれを賞します
平成八年二月二十七日
全国農業協同組合中央会
会長 豊田 計

第一回環境保全型農業
推進コンクールで
優秀賞を受賞

カブトエビ

無農薬農業の救世主

カブトエビ（体長10cm）
田の草取り虫といわれる
ミジンコの仲間 世界に5種
砂漠の生き物で 0.4ミリの卵が
短い雨期を待って かえる
江戸時代に記録なし
「わたしたちは黄砂が卵ば
運んで来たと思うとります」
ロマン！

この時期はキャベツ畑
残りのキャベツをすきこむ 環境稲作で
おいしい ヒノヒカリが実る

ラリーの三種の神器

スウェーデン
haldaの
ツイントリップメーター
高卒初任給の三か月分
だったと聞いて たまがった！

実は26歳まで
ラリーにこっていて何度も優勝
お父さんが亡くなってから
米とキャベツ ひとすじ……
…のはずですが、いまは
swatchの収集にこっているんだ
とか

←4台くらい
つぶした

SWATCH

環境が良うなって
カエルもメダカも
ヒルも帰って来た

ドジョウだけは
戻って来んです
用水がコンクリで
泥がなかけん

環境稲作研究会
会長 藤瀬新策さん

ホ

欧風刺繍から日本刺繍へ

「糸縒《よ》り三年といいます」

柱の鉤《かぎ》に絹糸をかけ、十六本を縒りながらのお話は、前原市の日本刺繍家《ししゅうか》田中幸さん。

東京で大学を出てそのまま就職。二十七歳のとき肌が合わず佐世保の実家に戻りました。

「父が日本刺繍をしていることは知りませんでした。作品を見て、たまがった！」

それで、お父さんの教室の運転手をしながら修業。お父さん幾重さんの話。

「家内がもともと欧風の刺繍をやっておったんです。五十歳から私も習いはじめて。福岡で日本刺繍の展示会があって、家内の運転手として佐世保から見学に。そうしたら……」

すばらしさに感動して生徒に。そして先生に。

「正座して糸で絵を描いていると二時間しか続きません。だから畑やったり盆栽やったり気分転換しないと」

平成三年に生徒さんの作品も合わせて展示会を開いたら、福岡から相撲の化粧回しの注文が。佐世保では遠いので前原へ転居。静かな環境の中で伝統工芸作品が一刺し一刺し形になっていくのです。

（2004.01.08）

日本刺繍
着物や帯、帛紗（ふくさ）などに施される装飾工芸。絹の布に絹糸を使って一針ひとはり刺していく作業は繊細で根気を要する

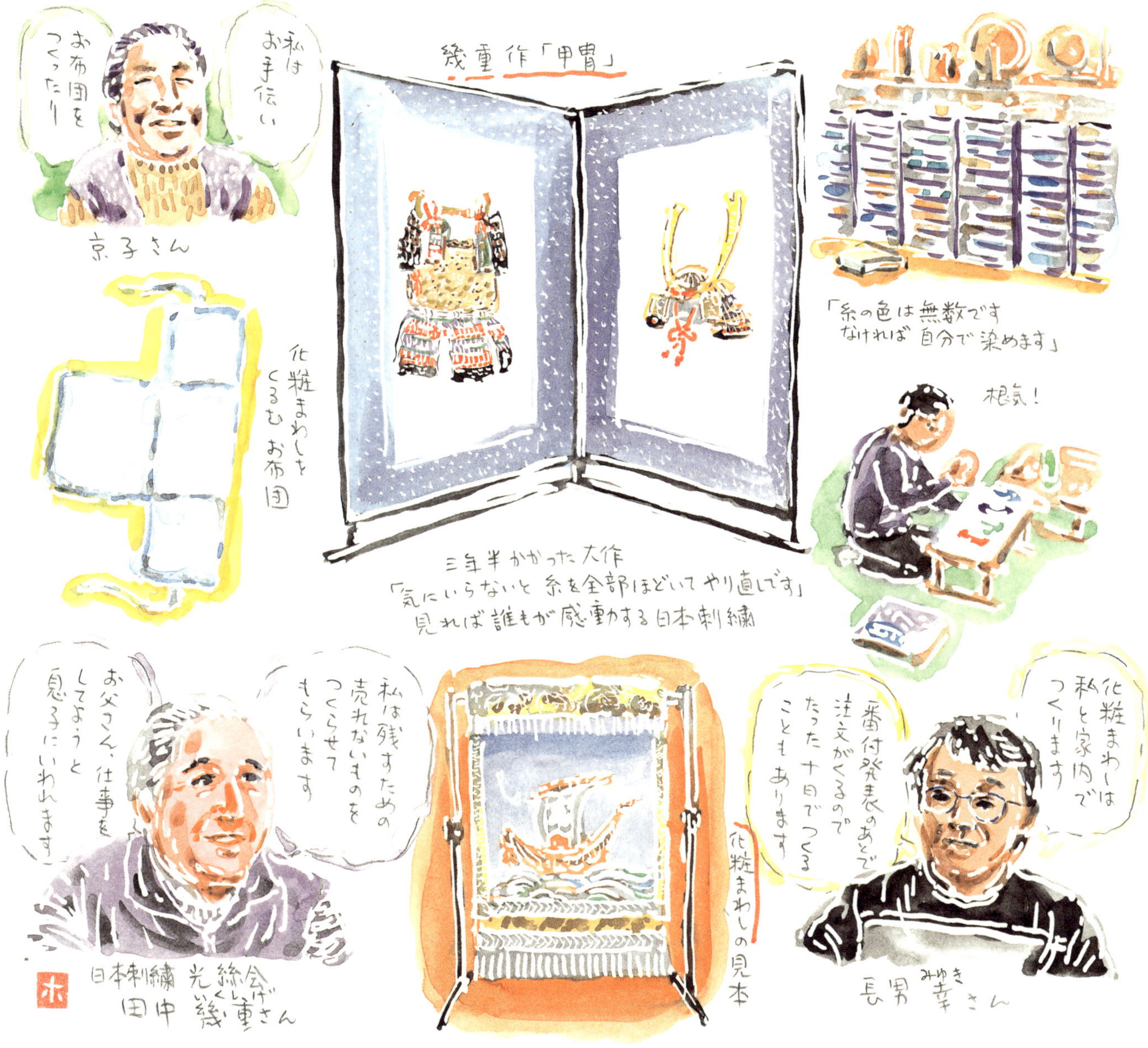
私はお手伝い
お布団をつくったり
京子さん
幾重作「甲冑」
「糸の色は無数です
なければ自分で染めます」
根気！
化粧まわしをくるむお布団
三年半かかった大作
「気にいらないと糸を全部ほどいてやり直しです」
見れば誰もが感動する日本刺繍
私は残すための売れないものをつくらせてもらいます
お父さん、仕事をしてようと息子にいわれます
日本刺繍 光絲会
田中 幾重《いくしげ》さん
化粧まわしの見本
化粧まわしは私と家内でつくります
番付発表のあとで注文がくるのでたった十日でつくることもあります
長男 幸《みゆき》さん

冷たい石膏のイメージを温かいものに

福岡県赤池町の竹井順一さんは石膏《せっこう》型制作が仕事。

「四年前、商工会の祭りがあったときに、なんかしてもらえんやろかといわれて」

子どもが喜ぶようなものをと考え、石膏で手形をとることに。記念講演した三屋裕子さんの手形もつくって、教育委員会に飾られています。

最近は立体の精巧な手形も制作。

陶磁器用型取りが本業、厚紙でつくった原型や、竹ざる、ひらめの型づくりを頼まれることも。

上野焼《あがのやき》が身近なこともあり、セラミックや窯業関係の会社に就職。二十年前、心身症になったのを機に退社、独立。

「主人を病気から救ったのはギターなんですよ」と、かたわらの奥さん。

「石膏の硬いとか冷たいとかいうイメージを、温かいものにしたいです」

「原型をつくった方の表現したいものをくんでから、お手伝いできればいいなあと」

真摯《しんし》な語り口に心が温まりました。

（2004.01.15）

三屋裕子
元バレーボール選手。筑波大学在学中に全日本入りし、ロサンゼルス五輪（１９８４年）では銅メダルを獲得。引退後はバレーボール教室や講演会、ラジオやテレビのコメンテーターとしても活躍

上野焼
４００年の歴史を持つ福岡県赤池の名窯。江戸時代の茶人小堀遠州（１５７９－１６４７年）が選定した遠州七窯のひとつ。薄づくりを旨とし、多彩な釉薬が織りなす上品な色彩美が特徴

立体の手形
赤ちゃんの 石膏手形
ー作業所ー
実はボクの手形も講演のときつくったのが町長室にあるそうで…
マダンジェート・シン賞トロフィー
爪の甘皮のさかむけ、小じわもみごとに再現されて たまがった！
お寺さんにたのまれてつくった
寒山拾得像（原型も）
河原でギターの練習していたら人がポツポツ寄って来て…あのアベックさんが帰ったらやめようかなと思っていて…
そしたらまた別のアベックさんが聞きに来て…それでやめられなくて…五時間も弾きつづけていました（笑）
心を癒やしてくれたギター
一心陶料
竹井順一さん
ユネスコが世界平和に貢献した人に贈るマダンジェート・シン賞のトロフィーを 添田町出身 仏在住のTOSHIさん（石井敏美さん）に依頼。その石膏どりを頼まれた
（上は作業所を見学に来たTOSHIさん）
ホ

150円の電球１個を取り換えに

「三年前、ＪＲ本社に飛び込みで行ったとですよ。はじめはけんもほろろでした」

福岡県桂川《けいせん》町の福田文博さんは、穏やかに笑いながら話します。町のスーパーがなくなり、駅前にはほとんど店もない。

「ひとり暮らしのお年寄りには、これが困るんです」

桂川駅に売店を出せば便利と、脱サラしての船出でした。

「出店計画書や見取り図を持ってＪＲさんに通い、十二、三回目くらいにようやく、わかりましたといってくれました」

ねばりにねばって一年前、全国でも珍しい駅のホームに隣接する生活用品店「コラボ倶楽部」が誕生。

「電球一個でも車で取り換えに行きます。行くと買い置きがあるんですよ。でも、高齢者は天井からのソケットに手が届かないんです」

手数料も取らず、買い置きの分も引き取ったり。人から商売にならんだろうといわれても、感謝の言葉がうれしくて。その奉仕の心にたまがります。

（2004.01.22）

素直
松下幸之助グッズ(?)
松下系列の会社に三十三年勤務
すべては人への奉仕から
という「松下教」に若干かぶれていますし とか
コラボ倶楽部
CoLaBo Club KeisEN Station
店名はコラボレーション（助けあい・協力）からつけたもの
そのとおりの仕事ぶりです
JR桂川駅
毎朝周囲を掃除します
若い人からも ごくろうさまとか
お早うございますとか 声がかかるようになりました
一日五八〇〇人の乗降があるがKIOSKもない
玄関の門松は福田さんが寄贈したもの
この車で
電球一個から
電化製品 コーヒー豆
まで配達
もちろん駅のホームからも買いものできる
コラボ倶楽部
会社で先輩だった阿部さんがお手伝い
豆田地区の振興会で祭りの世話をずっとやっていました。
ひとり暮らしのお年よりが多いのをそれで知っていたもので
コラボ倶楽部
福田文博さん
ホ

竜宮城に来てみたら、あばら家で油煙だらけ

「嫁に来るときに、博多の町やけん、駅のすぐそばやけんて思うとりましたら、だまされたようなもんでした。終戦直後で、もう……」

昭和二十九年、日田からお見合いで嫁いできた、福岡市冷泉町の岡村啓子さんは笑いながら語ります。嫁いだ先は人魚のお寺で有名な龍宮寺。あばら家で、汽車のすすが畳の目にいっぱい入りこんで、毎日の掃除が大変。

「お寺は家族一緒に留守ができん、日曜がない、毎日お掃除ですけんね」

もともと実家もお寺で、広瀬淡窓の咸宜園《かんぎえん》の近く。おてんばで、椿《つばき》の大きな木に登って、下りられずに泣いたり。それでも、

「男の人とすれ違うただけで怒られよったですけん」

という女学生時代。

「戦時中は学徒動員でもんぺに下駄《げた》はいて（もちろん日田の下駄）、鉢巻き巻いて工場に行きよりました」

「飛行機のバネば一日百個つくって三個しか合格せんとですよ。それでも一か月三十円くらいくれよったですよ」

たまったお金で戦後、流行の銀歯を入れたとか、たまがるお話の宝庫でした。

（2004.01.29）

広瀬淡窓
江戸時代後期の儒学者で教育家。日田に私塾「咸宜園」を開き、高野長英（1804―1850年）や大村益次郎（1824―1869年）らを輩出。1782―1856年

日田の下駄
天領時代の天保年間（1830―1844年）に殖産興業の手段として日田代官が奨励し発展。最初は桐下駄が主だったが、明治以降は日田杉を使用

結婚まで山笠を
見たことがありま
せんでした
最近ようやく
締め込みもできる
ように…

若奥さん 幸恵さん
(里は天神の少林寺)

人魚の図

寺 宮
人魚の骨

境内の 人魚塚

人魚の由来

一二二二年四月十四日
博多の海から人魚が
捕れ、勅使冷泉中納言
が下向されました。
人魚出現は国家長久の
瑞兆とされ、浮御堂に
埋葬、以後うきみどうは
冷泉山龍宮寺と
よばれるようになった
のです。

りっぱになった本堂
これなら
すすも入りません

明雄の姉さんは
山笠とダイエーの
大ファンでから
カメラ持って追いかけて
パパラッチやねえって
いいよります

冷泉山龍宮寺の
年より奥さん 岡村啓子さん

毎日 おまいりをかかさない
あととりの明雄くん(小三)
もちろん 山笠のぼせ

山笠も山も山のぼせ

「感想ていいましても、みんなから、うん……」

博多のばあちゃんとじいさんの図画展（「博多町家」ふるさと館主催）で、今年市長賞を受賞した福岡市下呉服町の山本忠二郎さん。受賞の感想を求めると、声を詰まらせる純情博多っ子です。

「絵はちさいとっから好きでした」

絵ばかりか工作も好き。実家が酒屋だったこともあって、酒造りの桶《おけ》や樽《たる》のミニチュアを、一年がかりで制作。

「竹は宝満山の冬のもの。それやないと腐ってしまう」

化粧品店の店番は奥さんまかせ。山のぼせは博多山笠だけでなく、登山も。

「北海道から屋久島まで日本中。槍（ヶ岳）は三回、穂高は一回、三郡縦走は三十回以上登りました」

東京オリンピックのアベベに感動して、五十一歳からマラソンにも出場。

「ボウリングはいいときは二六二、三。今は一五〇くらいしか」

元気な八十七歳に脱帽！（2004.02.05）

アベベ
エチオピアのマラソンランナー。ローマオリンピック（1960年）では裸足で走って優勝。「裸足の英雄」と呼ばれ親しまれた。東京大会（1964年）でも優勝し2連覇を達成。1932－1973年

この樽は自動車が出て
今のごと こもうなった
ミニチュア
酒づくりの
桶や樽
市長賞「我が家のお正月風景」
大正15年ごろの山本さんのお正月
本物は ふるさと館でどうぞ
造り酒屋は
昔は年に一回
新しか桶ば
こさえよった
新桶に安い酒ば
入れとくと上酒に
なって高う売れる
ばってん木が酒ば吸うて
量は減ってしまう
マラソンの勇姿！
去年のゼッケン
OMC カード
G086
5K 31分22 15.10.5
シティマラソン福岡2003
取材の日の朝、法世は
追い山5キロのコースを
45分かかったです。(耳心)
87歳の元気印
山本忠二郎さん

広島・長崎の原爆を運良く逃れて

「一回、原爆から逃れましたもんなあ」

福岡市古門戸町の石橋清助さんは静かに語ります。

「二十四連隊で、長崎い配属いなっとって、幹部候補生の試験に受かったもんやけん、原隊復帰で七月三十一日に博多に帰ったら、原爆でしょうが」

配属は市内ではなかったものの、長崎にいれば復旧作業で被爆していたはず。

広島は、実家が造り酒屋だったので、

「中学（修猷館）出て、昭和十七年に広島高等工業学校の醸造科ば受けたとですたい」

学校の雰囲気になじめず、体格検査を受けなかったので不合格。入学していれば夏休みに広島にいて被爆していたかも。

言わずと知れた前博多山笠振興会会長。

「今は直会《なおらい》が宴会のごとなって。昔は若手がやってかませる料理で、かまぼこ、こぶするめ、貝汁ぐらい。今は銭が多すぎるとじゃもん」

亡父源一郎さんは、博多の祭りと遊びの生き字引。気っぷの良さを受け継いで、六〇〇平方メートルの土地をぽんと市に寄贈したのは、有名なたまがる逸話です。（2004.02.12）

箱崎つんちゃん
福岡市東区箱崎の青果業大神常吉の愛称。明治中期に結婚適齢期の娘さんの番付（特技や性格など掲載）をつくった

だし鉄
山車に飾られる人形や火消しの纏（まとい）、御輿などを製作。「だし鉄」の屋号で東京神田に店をかまえた。後継者に恵まれず4代目で途絶えた

初代宗七
黒田長政（1568－1623年）が播磨国（兵庫）から筑前につれてきた御用瓦師が正木宗七。瓦土で素焼き人形をつくって献上したのが博多人形の起源ともいわれている

焼け残った
初代宗もの博多人形

祖父さんが
蔵のあるけん
大丈夫ていうて
疎開せんやったら
空襲で丸焼け
なあも残っとらん

箱崎つんちゃんがつくった娘番付
（大神常吉）

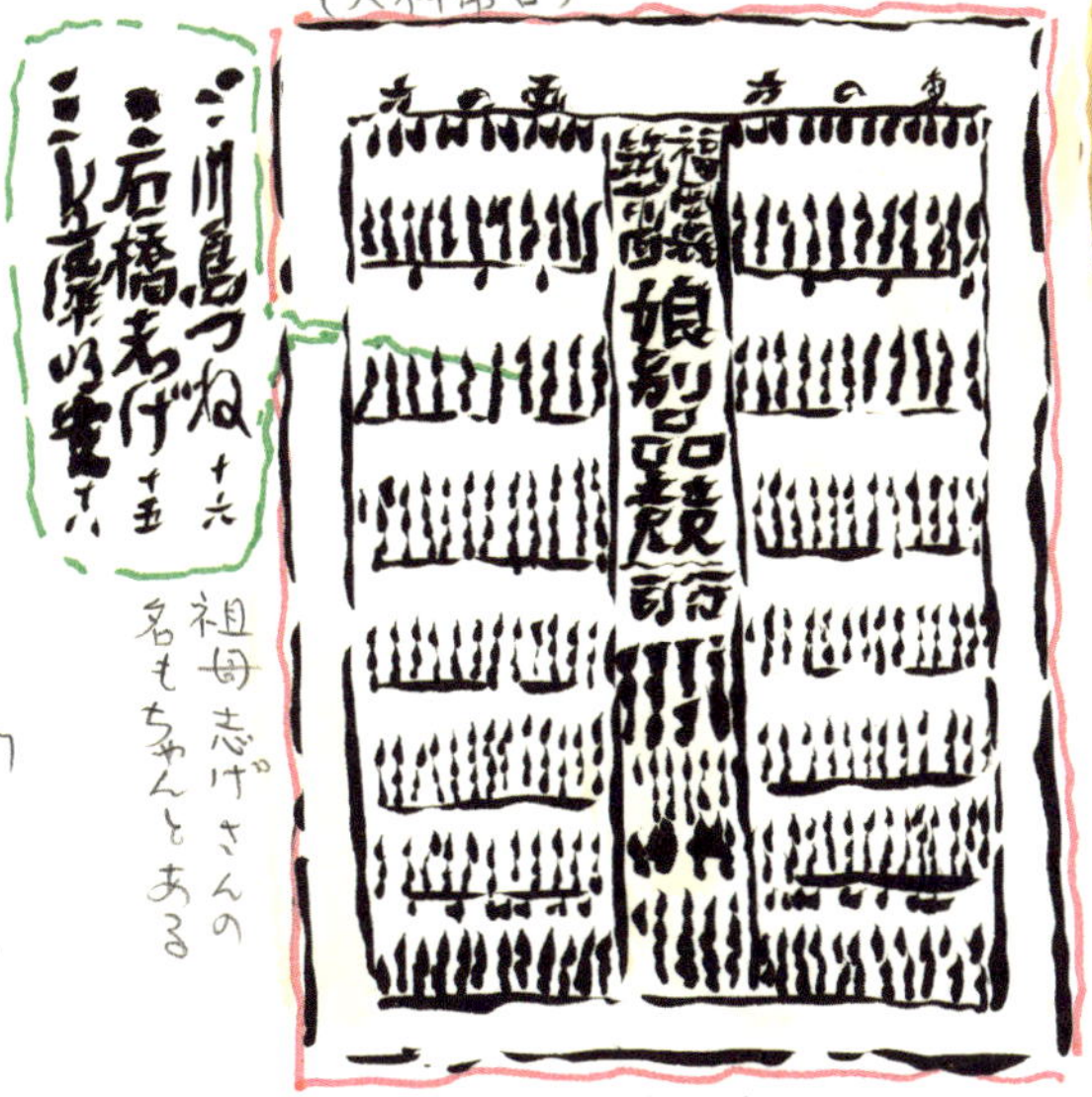

祖母志げさんの
名もちゃんとある

明治二十二年出版
今ならセクハラかな

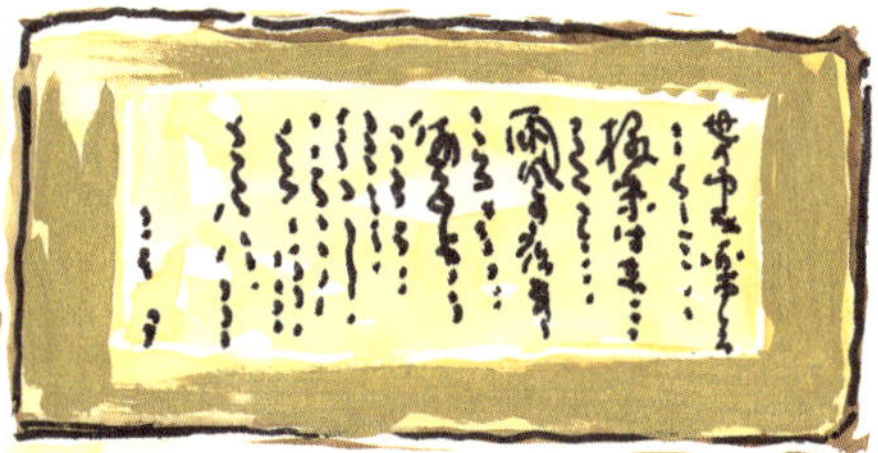

酒にちなんだ
狂歌

世の中の楽《たのしみ》となる
酒なれば呑んで
暮すが壱升の徳

極楽は志まず黄
金と聞きぬれど
酒なき国は
嗚呼なに二升

……

（十升までつづく）

造り酒屋 鳥羽屋 今は老人ホームさくら園

食用ガエルば
道端に山のごと
積んで売りよった

まといの注文に
ついていったら
昭和二十四年やけん
神田あたりも闇市
ばっかり

石橋 清助さん

凝り性の父源一郎さん
奈良屋消防分団長のとき
東京神田までわざわざ行って
だし鉄にまといを注文
右は記念のミニチュアと看板
だし鉄のオヤジさんが
つくってくれた

先生はプロ顔負けの落語家

出された名刺には、内浜落語会会長粗忽家《そこつや》勘朝《かんちょう》。下に小文字で福岡市立壱岐東小学校榎本隆とあります。福岡教育大落研出身。

「二十四年前、内浜小学校に初めて落語クラブをつくるときは、どんな教育効果があるのかと、あきれられました」

今は教育方針が変わり、いい時代。内浜、当仁、周船寺、壱岐東と赴任先の小学校全部に落語クラブをつくってきたそうで。

唐人町商店街が、町おこしで落語会をやらせてくれて、

「はじめは満員でした。だんだん減ってきて、お客さんが三人のときも。ようやく四人目が来たと思ったら、帰るよって。みんなぞろぞろ出ていって」

でも、商店街の中に寄席をつくってもらえることに。キャパ八十人の唐人町プラザ甘棠《かんとう》館《かん》笑劇場がそれ。プロの落語家も、これまで二十人くらい来てもらったとか。

「桂文治師匠が来てくださったのがうれしかったですねえ。落語界の重鎮がほんとに」

「夢は博多座です。やりたいですねえ、十二月の市民檜《ひのき》舞台に」と、目を輝かす先生落語家です。

(2004.02.19)

甘棠館
福岡藩校のうち西学問所。寛政10（1798）年、火災で焼失し、廃校となる。東学問所は修猷館

桂文治
東京豊島で噺家の長男として生まれる。昭和21（1946）年初代桂小文治に入門。昭和54年10代目文治を襲名。1924－2004年

古今亭志ん朝
昭和32（1957）年古今亭朝太の名で初高座。江戸前の正統派落語を得意とし、俳優としても頭角を現した。父親は5代目古今亭志ん生（1890－1973年）。1938－2001年

何にもかえがたい宝もの
出囃子太鼓の枠
根多《ねた》帳のかずかず
笑劇場出演の 師匠連の署名がいっぱい
落語家さんが見て たまがります
「甘棠館に出ていただいたら あとで文治師匠が この南画を送ってくださいまして」
もらった手ぬぐいと扇子の山
「役者さんのは百道パレスで成駒屋と声をかけていたら、あとで『成駒屋でございます。ありがとうございます』と橋之助さんのお母さんがくださって」
高座での勘朝さん
手ぬぐいはもちろん 唐人町の博多手染「紺重」に頼んだ
楽屋根多控帳の字も文治さんが
志ん朝師匠にもぜひ来ていただきたかったんですが博多にみえる直前に亡くなられて……
唐人町プラザ甘棠館笑劇場
粗忽家勘朝こと 榎本隆さん
ホ

脱サラマジシャンへのひょんなきっかけ

「電話帳で、手品の道具を探してたら、亡くなった菊池豊先生にいきついたんです」

福岡市馬出出身のマジシャン石堂隆之さんは、十四年前のことを愉快そうに話します。

「電話したら、なんやお前って」

サラリーマンで、手品が趣味でというと、ちょっと来いといわれて。

「お前、やってみらんや」

「何をですか?」

「手品ばたい」

で、日曜とかに無給で手伝って一年。

「そろそろどうや?」

「は?」

「弟子にならんか」

海外で活躍するビデオを見せられ、三年間だけがんばってみようと、脱サラして内弟子に。

「きつかったです。ご飯つくったり、マッサージとかせなならんのですよ。これで、手品うまくなるんかなあと」

それでも、お供でアメリカ、カナダにも出かけて修業。六年後独立して、Mr.マリック氏とテレビで競演したり活躍。

取材後、目の前で見せてくれた手品に、やっぱりたまがりました。

(2004.02.26)

菊池豊
日本古来の奇術「和妻」をもとに、すべての道具を自身で製作。独創的な「将軍アクト」を完成させ、全米各地で演じ好評を博した。1938－1998年

もちろん
ウサちゃんも
ショーに出る
近々お目見えの
テバッタくん
一輪車
子供たちの人気を
さらいそう
得意はハト出し
銀バト・プチコッコー
十八羽が出番を待っている
すぐ増えるとか
「ニワトリを
使いこなすのは
むずかしいんです」
マジックパーク
テバランドをつくる
のが夢なんです
三百席のステージ
外は自然の原っぱに
トリを放し飼いに
して……
仕掛けを
つくる
工作機械
オーストラリアで買った
アボリジニの楽器
〈ジャングルとか自然が
好きなんですよ〉
オフィス トゥルース
石堂隆之さん
ホ

内外を飛び回るリノリウム施工世界チャンピオン

リノリウムは自然素材をもとにした衛生的で丈夫な床、壁張り材。福岡県粕屋町の力武和喜さんは、リノリウム施工の世界チャンピオン。

「三位オーストラリア、二位スイスから、一位がなかなか発表されないんですよ。発表されたときは感動もんですね、あんときは」

世界一のリノリウム製造会社、オランダのFORBO LINOLEUM社が二年に一度開催する世界大会で、三十八か国の選手を破って二〇〇〇年度のチャンピオンに。

リノリウムは師匠加治屋寛氏について一九九六年から。九八年には早くも世界三位。

優勝者は次回招待ですが、二〇〇二年はテロ問題で延期。今年十月を待っています。

世界一で、工賃はアップ？

「日本じゃ評価がないですねえ。仕事は増えたけど」

う〜〜ん、たまがった！

師匠が校長の施工学校メンバーとして、国内外の技術指導にも飛び回る。中国・広州での一週間から戻ったばかり。中旬は上海へ。

「今、英会話習いようとですよ」

（2004.03.04）

コンクール第一部のデザイン施工の問題
出題どおりに リノリウムを 切ったり はったり はめ込んだり すきまのないように仕上げる
第二部は熱溶接 四時間の勝負だ!
世界チャンピオン誕生
World Championship
Lindeum Installation 2000
Travel cheque
Value €12500
賞金のトラベルチェック レプリカ
愛用のスーツケース
オランダ 中国
国内と飛びまわる
スクライバー
フックナイフ
リノハンマー
チャンプの道具
床の施工例
いろんな楽しい デザインが できる
いい施工は 何十年ももつ 自分の家を 張るつもりで施工 せないかん、て
心と技が 大事って 習いました
リノリウム施工チャンピオン
力武和喜さん
ホ

秀吉拝命の加賀守が屋号の由来

「はじめは大友家家臣で、宝珠山の城主やったとですよ」

聞いてたまがり、平伏しそうになります。

「加賀守を豊臣秀吉にもろうて、それが屋号になっとうとです」

ず、頭が高いかな。博多の上川端商店街、婦人服の店加賀屋の大将原公志さん、昭和初期に建てられた茶室の脇息《きょうそく》に寄りかかった姿は、ううむ、城主の貫禄。

床の間には、鷹の羽に二引きの家紋をあしらった冑《かぶと》とか、由緒正しいものがいっぱい。梁《はり》にたくさんつるされたひょうたんは、亡父一郎さんのもの。木彫り、陶魚、盤景師匠、舞踊、絵と多芸多趣味だったそうで。

原さんも西南学院高校で写真部をつくったり、大学でライフル射撃部に入って東京五輪の候補になったりと親の血を引いています。

中洲の飢人《うえにん》地蔵は上川端がまつりますが、呼び物は花火。そのために煙火師の資格を取った原さんが受け持ちです。

「お参りにこらっしゃる人に、花火くらいサービスせな」

と、商店街の振興組合理事長らしい気配り。最近各地で事故が多いので、思うさま手づくり花火を打ち上げられないのが残念とか。

（2004.03.11）

大友家
鎌倉時代からおこった武家。豊後府中（大分市）を拠点とした。21代宗麟（1530－1587年）は、北部九州と日向、伊予（愛媛）半国までを治めた

盤景
長方形や楕円形の水盤、盆などの上に土や砂を盛り、造木や人工の苔などを使って自然の風景を立体的に再現したもの

博多弁番付
川端商店街アーケードの博多方言番付は原さんのアイデア
家紋入り冑
観音菩薩像
亡父一郎さんの木彫り
「何体かあちこちにおさめとります」
1メートルはある大作
彫刻刀入れ→
市販の引き出しに鎌倉彫りをほどこしてある
よその商店街から視察に見えます
こないだは石川県の七尾から来らっしゃった。
飢人地蔵
飢人地蔵の花火
ナイアガラは三段構え
陶魚
素焼に彩色
窯をつくって焼いたとか
加賀屋の大将 原 公志さん

生前墓から焼夷弾までてんこ盛りのお寺

「天井のさおが二本だけ残っととおとです。建具は全部焼けてしもうて」

博多区中呉服町の正定寺住職一田英寿さんが案内したのは、本堂横にある茶室の次の間です。二五〇キロ焼夷《しょうい》弾がそこを直撃したのは、もちろん昭和二十年六月十九日の福岡大空襲。

「池があったけん消せとおと」

コイが泳ぐお坪の池。その脇に、落ちた焼夷弾のでっかい破片が。

茶室は小早川隆景の名島城の居宅から移築したもの。天井のさおが床の間に直角の切腹の間造りです。遠藤家にもありましたが、遠藤家はここの檀家《だんか》。まねたのかも。

開山は建暦二（一二一二）年。元禄時代に焼けて再建したのは五十年後。再建のときの棟梁《とうりょう》は山笠振興会役員瀧田喜代三さんのご先祖だそうで。

妻子を顧みない夫、浅野四郎左衛門に狂乱、なぎなたで襲おうとしたお綱を切り伏せた浅野彦五郎の首塚（後に斬首。首が寺の裏に流れ着いたので供養）や、仙厓さんに「八丁へ」と名づけられた西頭徳蔵の生前墓もあります。まあ、一度訪ねるとたまがりますばい。

（2004.03.18）

小早川隆景
戦国時代の武将毛利元就（1497－1571年）の三男。豊臣秀吉（1537－1598年）の全国統一に協力し、その功により筑前、筑後などの所領を得た。1533－1597年

遠藤家
8ページの遠藤家のこと

お綱
浅野四郎左衛門の妻。福岡城にまつわる怪談伝説の主人公のひとり。2代藩主忠之（1602－1654年）から下げ渡された側女に夢中になった夫のあまりの仕打ちに狂乱、勤務中の夫を襲いにいくが、警備役の浅野彦五郎に斬られる。四郎左衛門はのちにお綱のたたりで狂死

西頭徳蔵
博多人形師西頭哲三郎さんの祖先

浅野彦五郎の首塚
引き戸
開き戸
二百五十キロ焼夷弾の破片
ふつうの焼夷弾は
五十キロというから
たまがる
中型のドラム缶みたい
石堂川を背に博多を守るため黒田藩の
武士が詰めていた
右は侍用の開き戸。左は引き戸で町人用
元禄時代の本堂の梁
瀧田姓の名がいくつも
書いてある
本堂修復のときにわかった
切腹の間造りの書院
婦人会の皆さんが
ご詠歌を
八丁へさんの生前墓
徹誉逸道《めんどう》善士
恵比須流上竪町の
わたしが町総代
長男は取締代表
二男は
衛生の代表
山のぼせばっかりで
やおいかんと
架けかえ前の
石堂橋の
親柱
石堂橋
八丁へさんは 赤ずきんに赤ぱっち
芸者衆と 聖福寺から 正定寺まで
練り歩いて どんちゃん騒ぎの生前葬を
やらかしました とさ
正定寺のご住職
兼 山笠町総代 一田英寿さん

史上最年少の大相撲巡業勧進元

「勧進元、きょうは腹据えて聞かにゃなりません。雨降ったらどうしますか」

昭和四十九年、大相撲巡業部長の問いに、三十二歳史上最年少の相撲興行主、山下正士さんは答えました。

「ふた雨までします」

父親が三十二歳で戦死。その同じ歳に、郷里熊本・山鹿の相撲興行話。顔を見たこともない父の供養にと、話を進めるのでしたが、

「母親、山鹿市長、もう、みんなから反対されました」

当時は野天の会場で、雨が降れば、大枚の興行費と二七〇人の旅費宿泊費が水の泡。ふた雨待てば、経費はかさみます。

きっかけは、増位山関が博多中洲の山下さんの店、割烹《かっぽう》川田の常連客になったことから。熊本巡業のとき山鹿に招待したら、ここでも巡業できると関取が話したのです。

当日は晴れ。満員の客入りで無事終了。

「新調した紋付きと袴《はかま》だけ。ほかはなあも残らんかったですよ」

に、こりゃたまがった！

(2004.03.25)

増位山
父親で大関を張った初代増位山（1919－1985年）の長男。自身も大関となる。絵画は二科展入選常連の腕前。歌手としてヒット曲も出した多才な異色力士。現三保ケ関親方

山鹿灯籠の櫓
式守伊之助さんに
図面をもらい、山鹿灯籠の
職人さんに特注した
六分の一スケールモデル
山鹿場所
昭和四十九年十二月十三日
行司木村玉次郎の
口上で場所が始まった
輪島北の湖両横綱を
従えて小柄な勧進元
記念の宿帳
昭和四十九年
十二月十三日
宿帳
北の湖　増位山
貴ノ花… キラ星の力士たちの名が
横綱
北の湖理事長が
横綱昇進して
はじめての
綱!
銅線三本入り
相撲協会もはじめ
若すぎると相手にしな
かった
三保ヶ関親方の
保証で
承認された
生まれてから
やっと病院に行ったら
お父さまがいらっ
しゃらない赤ちゃんと
思っていましたと
いわれました
興行のころは
長女がうまれる
ときで
一度も病院に
行けずにいまして
巡業部長宮城野親方(元吉葉山)の礼状
山鹿に来て、親方「ここは来たことがあるなあ」
山下さん「昭和二十八年 横綱のとき
お見えになりました」
三保ヶ関親方の書
山笠ではもちろん中洲流総務も経験
割烹「川田」の大将
山下正士さん

あとがき

世の中、右を向いても左を見ても、いやなことばっかし。たまにはおなかの底から笑ってみたいもの。でんぐり返るようなびっくり楽しいことはないのかしらん。

そうだ、街へ出て探してみよう。そう考えて企画したのが、「こりゃ たまがった！」でした。いろんな人が、いろんな人生の中で、きっと何かしら、驚くような体験、目の覚めるような品物を持っているはず。

その結果は、論より証拠、ご一覧いただけば百聞は一見。必ずや私と同じ、自分だけではもったいない、人にぜひ聞かせたい、よし、だれかにプレゼントしよう、てなハッピーな気分になれるはず。

さて、私をほんとにたまがらせてくださすった四十一人の皆さん、ありがとうございました。せっかくお聞きしたたまがりのすべてを、皆さんにご紹介できずもうしわけありません。

また、ルポ企画など不慣れな私に、仰天OKを出した読売新聞の皆さん、なかでも、出版のきっかけをつくってくだすった屋地公克さん、毎週小倉から博多まで連載原稿を取りに来てくだすった岡本哲一さん、多謝です。

　そして、連載が終わってひと月しないうちに、ぜひ発行したいと、驚きの企画を持ち込まれた海鳥社の西俊明社長、杉本雅子さん、やればできるもんですねえ。素敵な本にしていただいてありがとう。

　二日酔いにもめげず、毎度取材に付き合って撮影（あ、脚注も）がんばってくれた山田広明君ありがとう。そして急遽カバーのデザインに駆り出された重村知秀君サンキュー。

　この本で楽しくたまがってくだすった皆さん、ほんとにほんとにありがとうございました！

　出版の準備に明け暮れ花見できずにたまがった！

平成十六年四月吉日

長谷川法世

長谷川法世（はせがわ・ほうせい）
漫画家。1945年福岡市博多区（旧万行寺前町）生まれ。1964年，福岡県立福岡高等学校卒業。1980年，第６回博多町人文化勲章受章，1981年，第26回小学館漫画賞受賞。現在，「博多町家」ふるさと館館長，九州造形短期大学美術科マンガ研究客員教授。代表作に，『博多っ子純情』，『僕の西鉄ライオンズ』，『走らんか！』がある。

こりゃたまがった！

発 行 日　2004年５月１日　第１刷
著　　者　長谷川法世
発 行 者　西俊明
発 行 所　有限会社海鳥社
〒810-0074
福岡市中央区大手門３丁目６番13号
電話092-771-0132　FAX092-771-2546
印刷・製本　瞬報社写真印刷株式会社
ISBN 4-87415-482-4
http://www.kaichosha-f.co.jp
定価はカバーに表示